DAMA ✣ *de* ✣ PAUS

ELIANA CARDOSO

2ª EDIÇÃO

EDITORA
NOVA
FRONTEIRA

Copyright © 2019 Eliana Cardoso

Direitos de edição da obra em língua portuguesa no Brasil adquiridos pela EDITORA NOVA FRONTEIRA PARTICIPAÇÕES S.A. Todos os direitos reservados. Nenhuma parte desta obra pode ser apropriada e estocada em sistema de banco de dados ou processo similar, em qualquer forma ou meio, seja eletrônico, de fotocópia, gravação etc., sem a permissão do detentor do copirraite.

EDITORA NOVA FRONTEIRA PARTICIPAÇÕES S.A.
Rua Candelária, 60 — 7º andar — Centro — 20091-020
Rio de Janeiro — RJ — Brasil
Tel.: (21) 3882-8200 — Fax: (21) 3882-8212/8313

Os personagens e as situações desta obra são reais apenas no universo da ficção; não se referem a pessoas e fatos concretos e não omitem opinião sobre eles.

CIP-Brasil. Catalogação na Publicação
Sindicato Nacional dos Editores de Livros, RJ

C261d   Cardoso, Eliana, 1944-
          Dama de paus / Eliana Cardoso. - 2. ed. - Rio de Janeiro: Nova Fronteira, 2019.
          128 p.

          ISBN 9788520944394

          1. Ficção brasileira. I. Título.

          19-57267   CDD: 869.3
                                          CDU: 82-3(81)

Leandra Felix da Cruz - Bibliotecária - CRB-7/6135
27/05/2019   27/05/2019

"Segredos, silenciosos como pedras, se abrigam nos palácios escuros dos nossos corações: segredos exaustos de sua tirania: tiranos desejosos de serem destronados."

James Joyce

SUMÁRIO

Ouros, copas, paus, espadas 9
Gavião de penacho 14
Irmás 18
Remanso dos Quatis 23
Retrato 28
O grande amor de Flora 31
O desamor de Tainá 37
As falsas lembranças 44
O abraço 48
Em Roma 50
O tiro 55
O *Lanterna* 59
Condene-se a vítima 62
Jogo duplo 66
Longe de Pedra Bonita 70
Cachoeira do Choro 75
Galinha sem ninho 79
Promessas Quebradas 83
O namorado 87
A torre 91
Desdobra-se a língua 96
A suicida 100
Traições 106
As cartas na mesa 110
Meia-noite 117
À beira-mar 122

OUROS, COPAS, PAUS, ESPADAS

— Não recebi onze cartas.
— Pega uma da pilha na mesa.
— Não. Você tem que dar de novo.
— Não complica, Vivi.
Vivi mistura suas cartas ao monte.
— Tem que dar de novo.
— Tudo bem — diz Emília.
Tainá distribui as cartas outra vez.
— O enterro foi bonito.
— Bonito?
—Todas aquelas flores... Mamãe mandou cobrir o caixão com flores brancas. E havia tantas coroas.
— Alguém viu o caixão aberto?
— Não.
— Nem sua mãe?
— Isso eu não sei.
— Pensei que não ia ter missa depois que o padre Francisco disse que não faria o funeral.
— Voltou atrás.
— Tinha que voltar. O bispo mandou.
— Ele estava decidido a não rezar no velório. Missa então, nem pensar.
— Com razão. Ninguém é dono do próprio corpo. Só o Criador. Suicídio é crime.
— Falou a Vivi, palmatória do mundo.
— Palmatória? Vivi é professora?

— É, vó. De francês.
— Não diga. *Comment ça va?*
— Joga, vó.
— Ã.
— Joga, Dona Maia. Vai.
— Só sei que o padre Francisco mudou de ideia — diz Emília.
— Mudou porque Lucas telefonou para o bispo Justino em Belo Horizonte. O bispo disse que Marcelina não estava de posse de suas faculdades mentais. Não era responsável por seus atos. Podia ter um enterro cristão.
— Vamos falar de outra coisa.
— Dona Maaaia.
— O quê?
— A senhora é mão.
— Você conhece a história do doente que mandou chamar o médico para reclamar de uma febre de 50 graus?
— O que o médico disse, vó?
— Você não precisa de mim, precisa de um bombeiro.
Emília ri.
— Joga, Dona Maia.
— Anda vó. Pega uma carta. Você é mão.
— Sei. Você sabe por que as vacas não têm asas?
Emília sorri.
— Por quê, Dona Maia?
— Porque poderiam subir no telhado e cagar nas nossas cabeças.
A gargalhada de Maia vibra alto, ressoa num tom mais baixo e desaparece na boca que fica séria para dizer "Deus fez tudo perfeito" e rir mais uma vez.
— Assim não dá.
— Calma, Vivi. Pega uma carta, Dona Maia.
— Estava pensando.
— Em quê?
— Na Marcelina. A mesma carinha da Flora. Quer dizer... antes de ficar tão magrela e ser internada. Duas desinfelizes.

— Desinfeliz, não vó. Infeliz.
— Desinfeliz é mais que infeliz. A desinfeliz não se queixa. Como a Marcelina: um peixinho no aquário.
— Descaaarta, Dona Maia.
— Ninguém me contou como ela se matou.
— Vamos mudar de assunto.
— Por que mudar de assunto? Todo mundo sabe que a Marcelina ficou ruim da cabeça depois que Lucas matou a Flora.
— Como você sabe que foi o Lucas quem matou Flora?
— E não foi?
— Ele foi absolvido.
— Só porque o Dr. Augusto é o melhor advogado do Brasil.
— Ele comprou o juiz.
— Não comprou. Convenceu o júri que Flora era uma puta.
— Vivi! Por favor.
— Por favor, o quê?
— Respeita a Dona Maia.
— Este descarte está tentador.
— Calma. Sua parceira está com a mão cheia.
— Êi! Tem que esperar o descarte antes de comprar.
— As tagarelas taramelam e nem se importam com a morte de Marcelina — diz Emília.
— Eu não sei o que sinto — diz Tainá. — Fazia tanto tempo que ela estava internada. Quase três anos sem ver a pobrezinha. Talvez ela esteja melhor onde está agora. E você, Emília, chegou a visitar a Marcelina na clínica?
— Nunca. Só tinha notícias dela pela Damiana. Damiana, sim, deve estar desesperada. Chorava tanto no enterro. Você já foi ver se ela precisa de alguma coisa?
— Mamãe disse que queria ficar sozinha. Para descansar.

Faz-se silêncio. Tainá se mexe na cadeira e pergunta se deve subir e dar uma espiada na mãe, ver se está dormindo mesmo. Suspira. Pega na mão de Maia.

— Vó, essa conversa incomoda você?

— Qual conversa?
— Sobre a Marcelina.
— Ai... a coitadinha.
— Pensando bem acho que a gente não devia falar do que aconteceu — diz Tainá.
— E por quê?
— A mamãe pode estar ouvindo.
— Aposto que está dormindo com todos os calmantes que o D. Gervásio a fez engolir — diz Vivi.
— Dona Maia também tomou muitas pílulas, não foi Dona Maia?
— Muitas. Tem mais?
— Tomara que o *Lanterna* não escreva sobre escândalos passados quando sair o anúncio da missa de sétimo dia da Marcelina — diz Tainá.
— Lanterna? Que lanterna?
— *Lanterna de Pedra Bonita de Paracatu*. O jornal, vó. Como você anda esquecida.

Não me admira que me doam os sapatos depois de horas em pé no velório. Procuro os chinelos. Difícil encontrar qualquer coisa em estado de choque e a cabeça latejando com o matraqueado que vem pelas portas abertas. Quatro mulheres com a língua a bater nos dentes mastigando o trivial variado. O corpo da Marcelina já tinha sido lavado e vestido quando chegamos na clínica. O corpo inerte, inchado, roxo, perdera a extraordinária semelhança com Flora. Mandei lacrar o caixão. Dr. Gervásio me deu tranquilizantes. Eu pisava com dificuldade o chão ondulante. Marcelina, a minha Lininha, se foi. Já não se move, não pensa, não precisa se esforçar para guardar silêncio. As palavras se tornaram supérfluas. Ela goza a liberdade perfeita que não deixa nada a ser desejado, a liberdade da prisão debaixo da terra, o corpo sem inquietação. Ergo a cabeça e olho o relógio em cima da cômoda: três horas. Elas jogarão até as seis. A primeira partida deve estar próxima do fim.

— Estou batida — diz Emília. — Tanto faz a carta que Tainá botar na mesa.
— Batida? Só pode bater com canastra limpa.

— Só um cego não vê que eu e Dona Maia temos duas canastras. Uma é limpa, real, bonitona.

— Então meu descarte não importa — diz Tainá, e descarta um ás de espadas.

— Bati — diz Emília.

E anuncia o que todas já sabiam.

— Tainá e Vivi não pegaram o morto. Perdem 100 pontos.

GAVIÃO DE PENACHO

Como falam, meu Deus. Mamãe e Vivi falam mais do que jogam. Emília, não, minha rainha de ouros, amiga serena. Sabe que a vida não tem libreto e mesmo depois do desquite do marido mesquinho, ela continua doce, intocada pelo rancor. O contrário de Vivi, que cacareja e representa seu papel improvisando cacos maldosos. Acho que Vivi e Tainá não se abalaram com a cerimônia de hoje quando enterramos Marcelina. Morta. Morta. Morta. Ela já estava morta há três anos, desde que fomos para Roma. Marcelina-Lina-Lininha. Cada olho um limão na cavidade pequena para aquele disparate de lume. Magra, a pele transparente cobrindo os ossos das pernas descarnadas. No silêncio dos cadáveres guardou seus segredos e segredos são como mentiras: comem o que é bom na alma, atiçam os mal-entendidos, semeiam destruição.

Estou cansada, quero apenas o ponto-final desta história. Espero qualquer coisa, qualquer coisa que mate minha ansiedade, minha culpa, o mal-estar que tomou conta de mim durante tantos anos. Tenho fome de conhecer quem sou, mesmo sabendo que não faço diferença no mundo, uma dama de paus que deixou para trás suas paixões. Só queria saber o que aconteceu de verdade.

Repeti com minha Lininha os mesmos erros que cometi com Flora. Aprendi o silêncio com Miguel que o chamava de atributo dos prudentes. Sim, a mudez mineira cujos resultados agora vejo e me atormentam. Marcelina a multiplicou por mil, transformou a virtude dos discretos no apanágio dos loucos e se calou para sempre, fechada no silêncio corrosivo dos ácidos.

Na gaveta do armário ao lado da cama onde Marcelina morreu, encontrei um caderno. Na primeira página, em letras maiúsculas, ela escreveu: "O testamento de Marcelina Quiroga da Nóbrega." Não me veio a coragem para virar a página e fechei o caderno. Antes preciso entender meu próprio silêncio e o de Miguel e as fantasias perdidas para sempre, como segredos trancados no baú que se encheu de pedras, e do qual se tirou a chave antes de jogá-lo no fundo do rio. Como explicar que a menina que fui virou essa mulher fria, a vida desperdiçada, aprendendo tarde demais que a gente é aquilo que esconde?

Maia, minha mãe, por que você não me ensinou sua alegria? Sua forma de olhar o desperdício como luxo e gozo? A capacidade de esconder os problemas atrás das cartas do baralho?

Quando Marcelina nasceu fiquei tão alegre que até me estranhei. Meu gaviãozinho de penacho veio ao mundo com um topete que parecia um espanador no alto da cabeça. Eu amarrei um laço de fita em volta daquele cocar, mas Flora o achou ridículo e mandou tirar. Com o tempo o cabelo do bebê caiu e a cabecinha se cobriu de uma penugem escura, que se tornaria uma vasta cabeleireira negra atraindo atenção e elogios por onde a menina passava. Meu gaviãozinho de penacho caído, meu sabiá, meu colibri, meu quero-quero.

Tenho medo de portas fechadas, como tinha de menina. Prefiro que, pela porta entreaberta, me cheguem pedaços da conversa em volta da mesa de jogo. Não presto muita atenção às falas e talvez esteja aí o meu maior pecado: não prestar atenção, me apartar de tudo. Chamam meu alheamento de orgulho e me qualificam de arrogante, mas a verdade é que hoje já não me sobra nem mesmo o orgulho da minha origem ou da minha cidade. Houve um tempo em que eu gostava de Pedra Bonita de Paracatu.

Pedra Bonita fica no noroeste de Minas, perto da divisa com o estado de Goiás, região de poucas chuvas, rica em veredas de buritis, que formam ribeirões e rios na bacia do São Francisco. Sei tudo sobre esse lugar. Minha mãe nunca se cansava de me contar como a região já era habitada em 1600, quando ali surgiram fazendas de gado. Descobriram jazidas de ouro e prata e nasceu o povoado de nome Arraial de Sant'Ana do Paracatu. Com a chegada das bandeiras de Felisberto Caldeira Brant, o povoado cresceu, mudou de nome e recebeu o título de Vila da Pedra Bonita de Sant'Ana do Paracatu por alvará régio de Dona Maria, rainha de Portugal.

São coisas que aprendi da minha mãe, Maia de olhos de água marinha, filha de holandeses que se mudaram para o Brasil no final do século passado e se enamoraram das lendas indígenas e das histórias sobre a tribo Kaxixó. Acho que ela anda um pouco gagá com suas piadas sem graça. Deve ter sido uma moça muito bonita. Casou-se com o descendente mais orgulhoso de Felisberto Caldeira Brant, o comerciante mais rico da cidade, dono de alambiques de cachaça e dos negócios de doce de leite, botinas, selas e adereços de pedras preciosas. Casou-se com grande pompa e muito champanhe, tudo pago pelo noivo.

Por minha vez, cresci para me casar com Miguel Oquira e a festa deixou a do casamento da minha mãe no chinelo: o 25 de maio de 1930 entrou para a história da cidade, e ainda hoje, aqui se diz "é um 25 de maio" para descrever uma comemoração de arromba. Recebi, primeiro de meus pais e depois de Miguel, o pão e o papel de dama da alta sociedade mineira, o pão que comi e o papel que representei com deleite até que entendi quem era Miguel e meu amor se acabou.

No dia que definiu meu futuro, a família de Miguel nos deu de presente três quadros que colocamos na sala: uma cópia emoldurada do alvará que criou a vila em 1799, outra do documento de 1900 que elevou a Vila à categoria de cidade e mais uma tela reproduzindo em tamanho gigante a miniatura do antepassado mais famoso de Miguel, o vereador sargento-mor Manuel José Luiz da Silva Oquira, que fez parte da primeira Câmara Municipal e juntou terras formando uma grande fazenda num lugar de matas fechadas: o Remanso dos Quatis.

Engraçado como, mesmo tomada da angústia que a morte de Marcelina me provoca, ainda consigo me distrair quando penso na cidade e na história da união de duas famílias: os Caldeira Brant e os Oquira. A verdade é que a história de glórias passadas me relaxa e consigo respirar melhor.

Meu pai morreu num acidente de automóvel quando eu era mocinha. Não assistiu à realização do seu sonho: o casamento da filha, Damiana Caldeira Brant, com o filho e herdeiro do dono do Remanso. Nem conheceu as netas, Flora e Tainá. A primeira sempre foi a predileta de Miguel que, seduzido pela vivacidade de Flora, chegava a se esquecer de que tinha outra filha. Uma vez perguntei ao Miguel se Flora e Tainá estivessem se afogando, qual delas ele salvaria. "Tainá vai aprender a nadar", ele disse. Tainá de fato ganharia uma medalha de ouro na competição estadual de natação. E Miguel não conseguiu salvar a Flora adulta do sorvedouro em que ela se meteu.

Quando descobrimos o caso de Flora com Guy, pensei que a decepção iria matar Miguel, o homem poderoso que exercia seu domínio sobre os outros com a mesma energia destinada a cada uma de suas ações e a cada um de seus erros. Não contente com o sucesso da fazenda, entrou para a política, elegeu-se três vezes prefeito de Pedra Bonita, foi líder civil na deposição de João Goulart. Viajava sempre a Belo Horizonte, ao Rio e a Brasília. Dono de modos firmes mas gentis, tinha prestígio com militares e diplomatas. Custei a enxergar que sob sua maneira educada se encontrava a crueldade nossa de cada dia, a violência invariável da maioria dos homens, a urgência do animal sexual de agarrar o mundo e submetê-lo a seus desejos. Até que um acidente vascular cerebral o derrubou em 1974 e ele morreu pouco depois. Ele se foi, mas me deixou com as consequências de seu delírio autoritário, quando chegou a sequestrar Flora para afastá-la de Guy. Ainda foi capaz de internar Marcelina à força.

IRMÃS

Antes da desgraça, antes do namoro de Flora e Guy se tornar evidente, Miguel só tinha elogios para a filha. Para ele, ela era o sol. Sim, bonita com certeza, o rosto tinha encanto, os olhos claros, herdados da avó descendente de holandeses, brilhavam com a luz inconfundível da favorita, e sua graça aflorava fresca na presença do pai ou dos olhares masculinos aos quais se exibia.

De pequena, Flora escutava os passos de Miguel, que chegava do trabalho, e empinava a coluna. Fixando o olhar na casinha de bonecas, escondia que já tinha notado a aproximação do pai, que em poucos minutos estaria no quarto onde ela brincava. Por um longo momento, ele ficava imóvel na soleira da porta ouvindo a voz da garota que se dirigia à cabecinha de louça que segurava entre as mãos. Ela então erguia o rosto radiante. Ele fingia que se virava para voltar ao corredor. Ela corria para os braços do pai que a levantava no ar: "minha joia." Como se fosse parte de uma plateia, eu os observava como através de uma névoa e via os olhos dela, inquisidores, quase ousados, desafiando o pai, enquanto lhe dizia "quando eu crescer vou casar com você".

Flora tinha dez anos quando Miguel trouxe do Rio oito vestidos novos (oito!). Olhei as etiquetas: "Bonita", "tamanho dez anos", "lavagem a seco". Nunca me esqueci do nome da loja chique que iria à falência alguns anos mais tarde: Bonita. Bati os olhos nos vestidos e já sabia que todos eles ficariam perfeitos em Flora.

"Nada para Tainá?", perguntei. "Não tive tempo", ele respondeu. "A secretária recomendou a loja e passei por lá a caminho do aeroporto." Não discuti. Separei quatro vestidos para a costureira cortar a barra e apertar a cintura para a menina deslembrada. Estava errado mostrar preferência por uma delas. Com um muxoxo, Miguel duvidou que os consertos deixariam os vestidos bacanas como eram na loja.

No dia seguinte, Flora queria sair de vestido novo e, quando lhe disse que ela teria de esperar até que os de Tainá voltassem da costureira, ela passou a experimentar cada um deles na frente da irmã. Colocava as mãos na cintura, andava como uma modelo de revista, encarava Tainá e perguntava: "gostou?" E completava "são lindos, porque feitos na minha medida; vestido reformado não presta". Quando Tainá chorou, Flora disse "bem feito para quem rouba o presente dos outros" e Tainá protestou.

— Não roubei. Mamãe me deu.
— Chorona. Manteiga derretida.
— Você é má. Deus castiga.
— Não tem Deus.
— Tem.
— Então mostra um retrato dele.

Tainá foi até a estante do quarto de brinquedos, escolheu um livro, abriu e apontou para a aquarela de um velho enorme e barbudo sentado num trono no meio das nuvens.

— Olha!
— Boba. Isso não é retrato. É uma pintura inventada.
— Não sou boba. Boba é você.

O choro de Tainá me irritava e, na minha irritação, me esquecia de que a cada pessoa tocam virtudes e defeitos. Ainda não sabia pesar o pouco do anjo e outro tanto do diabo nessa mistura de dons e falhas que formam as contradições, a surpresa, a beleza, enfim, de cada indivíduo, a combinação que identifica uma pessoa e também caberia a cada uma das minhas duas filhas. Flora forte na sua crença infantil de que podia tudo como o pai e Tainá fraca e necessitada de minha proteção. As irmãs ainda se mostravam diferentes, quase rivais nas pequenas disputas que a vida adulta anularia ao maltratar ambas as irmãs. E eu, ao contrário de Miguel, exagerava as falhas de cada uma delas. Não aceitava o fato de que Miguel não via que Flora detestava quem não lhe declarasse adoração. Eu não era cega e, mesmo consciente daquele defeito, conseguia enxergar a ansiedade e o nervosismo por baixo da atitude autossuficiente.

Na noite do dia em que Flora desfilou com os vestidos novos, ela teve pesadelos. Quando os de Tainá chegaram da costureira, recusou-se a pôr um dos seus para ir passear na praça. Os vestidos ficaram guardados no armário por muito tempo, até se mostrarem curtos demais para a menina que ganhava altura com rapidez e, então, foram doados a um bazar beneficente.

Um ano depois, voltando da escola, Flora entrou em casa chorando e disse que as colegas eram más. Nunca consegui arrancar dela quais tinham sido as maldades das amiguinhas de escola. Ela já sabia esconder suas fraquezas, mas nas semanas seguintes começou a me fazer perguntas. Como Tainá e ela tinham entrado e saído da minha barriga? Era igual para todos os bebês? Ela também seria como Camila, com a calcinha suja daquele sangue amarronzado? Então me dei conta de que nunca conversara com ela sobre sexo e que não sabia como fazê-lo. Pedi a mamãe para ocupar meu lugar e ela aproveitou para contar os mistérios da vida para Flora e Tainá ao mesmo tempo.

A transformação sexual de Flora chegaria aos 13 anos e com ela outra mudança mais perturbadora: seu rosto ficou coberto de espinhas durante quase seis meses infernais e ela exigiu a consulta ao dermatologista em Belo Horizonte. A acne não deixou marcas. Flora tornou-se mais consciente do que nunca da própria beleza e se abriu para o mundo. Aprendeu a dissimular sua vaidade e arrogância. Quando a elogiavam, abaixava os olhos com um não sei de nada disso.

Aos 15 anos, quando Miguel lhe apresentou Lucas da Nóbrega, o engenheiro que ia trabalhar com ele na fazenda para cuidar da contabilidade e das conexões com outras empresas, ela começou o namoro que terminou em casamento. Durante o noivado Flora teve uma crise, que me tomou de surpresa, e nunca cheguei a entender. Começava a anoitecer e ela chegou perto de mim e disse que se sentia mal. Seu olhar estava embaçado, a voz fraca, e ela agarrou minhas mãos e disse "mãe não me deixe, me segura, estou com medo, muito medo". Fiz com que ela se deitasse no sofá, sentei-me ao lado dela e perguntei o que estava sentindo. "Não sei, mãe, é um medo, um medo muito grande. Estou solta num espaço escuro e vou caindo num buraco negro e tenho pavor e a cabeça dói e acho que vou vomitar." Se eu tentava largar as mãos dela, ela me agarrava, "não vai embora, estou com medo". E demorou mais de meia hora para se acalmar.

Quando a crise voltou a se repetir, falei com Miguel. Disse que eu suspeitava que Flora não queria se casar com Lucas. Ele disse que era bobagem. Pedi a ele que dissesse a Flora para desistir do casamento. Teríamos de avisar os convidados, cancelar a festa e devolver os presentes. Implorei. Por fim ele concordou que eu mesma podia falar com Flora. Ela disse que não, não queria desistir do casamento. Sugeri que, se era assim, que poderia adiá-lo até se sentir mais segura. "Quer adiar?", insisti. Ela respondeu com firmeza que o que é para ser feito tem de ser feito. Quanto mais depressa, melhor.

As crises se evaporaram como se esvaem os fantasmas destapados de seus lençóis e me deixaram sem entender a estranheza do comportamento de Flora. Suponho que antes do casamento as moças ficam inseguras e cheias de dúvidas. Dúvidas que passam ou se convertem em desapontamento.

Flora casou-se. Meteu-se em campanhas sociais e adquiriu uma aura de santidade com o nascimento de Marcelina. Em casa dava ordens que Lucas obedecia calado. Parecia senhora de si até que veio o desvario, a paixão por Guy. Marcelina já era quase adolescente quando Flora começou aquele caso. Não quero pensar nisso agora. Conversei com ela muitas horas. Apontei obstáculos e a chamei de puta. Não vendo resultado, acabei contando para Miguel o que estava acontecendo. Ele interveio e venceu como sempre: escondeu Flora e ameaçou Guy. De nada valeu à filha sua revolta. Não quero pensar naquele namoro nem nas desgraças que se seguiram. Deixo para depois. Preciso pôr em ordem a minha própria história. Não. Não estou aqui para pensar em mim mesma. Escrevo para enxergar melhor. Talvez algum dia venha a me entender mais até do que hoje sou capaz. A verdade é que tenho culpa, a culpa que persegue a mãe que não amou as filhas como devia. Rejeitar Tainá, uma menina um tanto manhosa, sem os talentos de Flora, talvez fosse compreensível. Mas por que não amei Flora, tão bonita e cheia de energia? Talvez porque eu desejasse a vida que ela podia ter. Queria vê-la na universidade, talvez escritora famosa, talvez uma cidadã importante, investida da autoridade pública da magistratura, como juíza de direito da comarca de Pedra Bonita, com discernimento para julgar os casos submetidos à sua apreciação. Eu a queria independente, ganhando a própria vida. Não queria ver Flora casada tão cedo, sem voo próprio, repetindo clichês, ilustrando capas de revista como dondoca. Pensando melhor, talvez a quisesse longe de mim desde criança, longe de Miguel, casada, longe dos meus olhos para que eu pudesse esquecê-la. A presença de Flora me incomodava. Eu não gostava do que ela gostava, discordava das opiniões que ela expressava com voz suave, uma chatice de voz. Reprovava seu comportamento desinibido nas reuniões sociais e não me orgulhava da filha tão admirada pelos outros. Talvez eu não devesse sentir tanto remorso. Afinal, de que vale meu amor ou desamor? Tive tanto carinho pela minha Lininha, a quem quis desde o dia em que Flora anunciou sua gravidez, e não consegui protegê-la.

REMANSO DOS QUATIS

Não me reconheço no espelho em cima da cômoda, as olheiras mais escuras do que de costume, a boca mais amarga. Preciso pensar em alguma coisa que me acalme. Nas festas do passado. Na época em que vim morar neste sobrado espaçoso de dois andares, herança da família de Miguel.

O sobrado fica no Largo da Matriz, apelidado de Largo D. Pedro II em memória da visita da comitiva imperial, quando o Imperador se hospedou com a família Oquira. O casarão, na esquina com a Rua do Comércio, abiscoita o cenário formado pela Igreja e a Cadeia Municipal, reconstruída como hotel de luxo. Antes de mudar para o sobrado, contratei um arquiteto no Rio para as modernidades do conforto, conservando, entretanto, a fachada antiga. A porta de entrada de jacarandá maciço se abre para um hall espaçoso de onde se vê a sala de visitas à esquerda e a sala de jantar à direita. A fachada exibe ainda duas enormes janelas de cada lado da porta central no andar térreo e, no segundo andar, cinco sacadas com beiral de cachorro, uma para cada um dos quartos do sobrado. Uma escada do lado direito leva à entrada de serviço.

Começo a me sentir melhor. Pensar na minha casa me tranquiliza. Talvez possa olhar o testamento de Marcelina e saber o que atormentava aquela minha magricela, meu gavião de asas caídas. Lá embaixo o jogo continua. Posso ouvir a conversa de mamãe com Tainá, Vivi e Emília. Tainá e Vivi são amigas desde o tempo de escola. Emília e eu éramos inseparáveis até que ela se mudou para o Ceará. Anda bebendo muito. Veio de visita, se hospedou no hotel aqui ao lado do sobrado e hoje ocupa meu lugar na mesa de jogo para que eu possa descansar. Quanto à mamãe, acho que está um tanto gagá. Repete o final das frases de outras pessoas e nada abate sua disposição e o gosto por piadas bobas que parece aumentar com a idade. Quando eu era menina, todo mundo ria quando mamãe abria a boca. "Maia pode fazer piada de tudo", diziam. Comigo ela mostrava um espírito crítico exacerbado e nunca me fez um carinho. Notei que a tragédia de Flora a abateu. Talvez para esconder a vergonha, joga sem parar. Buraco com Tainá ou paciência quando está sozinha, nunca um minuto sem o baralho nas mãos. Difícil adivinhar o que ela sabe e o que esconde.

Ainda hoje, a fazenda Remanso dos Quatis continua um mundaréu de terras concentradas na fronteira de Goiás com o noroeste de Minas. São 90 mil hectares que resultaram da concentração de várias propriedades, quase a área da cidade do Rio de Janeiro. Os pastos alimentam um rebanho de milhares de nelores puros e cruzados com angus, um gado bovino de alta qualidade. Não vou mais à fazenda, mas tenho muitas lembranças da capela e do casarão de cobertura com quatro águas, quatro fachadas recuadas, varandas e alpendres, dois pavimentos repletos de móveis e objetos do século XIX. A fazenda fica a duas horas de automóvel da cidade de Pedra Bonita.

Mesmo antes de seu casamento com Flora, Lucas já cuidava dos negócios de Remanso. Quando ela morreu, eu disse ao Miguel que Lucas deveria ser afastado, mas Miguel não me deu ouvidos. Pior. Depois da absolvição de Lucas pelo assassinato de Flora, Miguel o mandou de visita a Portugal por um ano, dando tempo para que a cidade o esquecesse. Não demorou para que Lucas voltasse para a administração da fazenda. Protestei, mas de nada adiantou. Quando Miguel morreu no ano passado, coloquei a fazenda à venda. Não será fácil encontrar um comprador.

O caderno de Marcelina continua fechado no meu colo. Faz três anos que Flora morreu e que, por ordem de Miguel, levei a minha Lininha, adolescente de 15 anos, para uma estadia em

Roma. Nem sei onde encontrei a coragem, não estando acostumada a viajar e podendo contar em poucos dedos as visitas a Nova York com Miguel, outras a Belo Horizonte e duas ao Rio de Janeiro com Emília. Miguel não me deu tempo de pensar antes de me colocar no avião com a minha neta. Tainá ficaria em Pedra Bonita fazendo companhia à avó. Eu e Marcelina nos refugiamos na Itália por mais de seis meses e só voltamos depois do julgamento do Lucas. O embaixador do Brasil na Itália nos hospedou durante uma semana, até que aluguei um apartamento perto da praça Navona, onde fica a embaixada. Não passou mais de quinze dias e Miguel ao telefone não me deixou alternativa. Era para internar Marcelina. Foram meses sofridos. Quando voltamos a Pedra Bonita, Marcelina ficou conosco no sobrado. Lucas já se fora para a temporada no exterior. Marcelina ia ficando cada vez mais calada. Deixou de falar por completo quando chegou a Pedra Bonita e descobriu que o pai já estava em Portugal. Um dia puxou a toalha da mesa de jantar derrubando pratos e copos no chão e começou a uivar como se fosse um lobo. Miguel a internou na clínica de repouso perto de Belo Horizonte de onde nunca mais saiu até o dia de sua morte.

Já não visito o Remanso onde antes costumava passar os fins de semana. Quero me mudar para o Rio de Janeiro, esquecer tanta desgraça, nunca mais olhar na cara do Lucas. Ele estava com olhos inchados nesta manhã quando enterramos Marcelina. Minha neta, que podia mostrar doçura quando queria, deve ter herdado o temperamento instável do pai, às vezes terno, outras vezes um calhau. Difícil entendê-los. Quando bebê, Marcelina me parecia frágil como uma bonequinha de louça. Ninguém diria que em poucos anos aquele bebê se transformaria numa menina voluntariosa, incansável, inteligente, sempre perguntando se podia ajudar Jurema na cozinha, sempre pedindo moedas para dar esmolas na praça. Queria resolver todos os problemas num instante, criticava demais a si mesma e aos outros. Toda aquela determinação da infância se transformaria em apatia antes da separação de Lucas e Flora. Talvez

Marcelina pressentisse de forma instintiva que a fidelidade estava em baixa naquele casamento e quantas vezes já me perguntei se a fidelidade não é a chave do afeto.

Antes da separação dos pais, Marcelina já andava tristonha. Ficou inquieta, parecia sofrer, a timidez aumentou e era difícil adivinhar o que matutava. Quando veio a separação entendi que havia coisas entre Flora e Lucas que eu ignorava, e Marcelina, morando com eles, sabia. Espantei-me quando Marcelina, menos de um ano depois da separação, explodiu numa energia louca, numa agitação alegre e nervosa. Encontrei Marcelina dançando com a música alta e perguntei de onde vinha tamanha alegria, ela me abraçou: "Vó, me apaixonei." "E quem é o felizardo?", perguntei. "O homem mais lindo do mundo." "E o homem mais lindo do mundo tem nome?" "Lupércio." "Colega no ginásio?" "Não, vó, ele já está na universidade. Estou morrendo de fome", reclamou e mal mordeu o sanduíche que preparei para ela e saiu correndo para voltar na semana seguinte dando risadas, dizendo que as colegas eram idiotas, que não podia demorar, que andava sem tempo, tinha pressa. Desaparecia e reaparecia dizendo que adorava a vida, que tinha planos e muitas ideias, não dava tempo de contar, não queria casar, ia viver com o namorado quando fizesse 18 anos, aprender a pilotar avião, comprar um monomotor e viajar pelo Brasil, precisava ir embora, voltaria outro dia. A agitação durou até que Lucas matou Flora. Então veio a depressão intermitente, e o gênio de Marcelina se tornou cada vez mais inconstante. Num repente de violência, ela chegou uma vez a levantar a mão como se fosse me dar um tapa. Aos poucos, foi ficando cada vez mais quieta, mais triste, mais calada.

Abro o caderno que apanhei na clínica. As páginas estão sujas. Algumas folhas foram arrancadas. Nunca esqueci de quando Marcelina, antes de silenciar para sempre, me disse que estava escrevendo. Ia contar suas lembranças desde os dias da infância e eu iria saber tim-tim por tim-tim do ocorrido na noite quente de 15 de dezembro de 1972. Quando ela me disse tudo isso, já havíamos voltado de Roma. Logo parou de falar e seu silêncio foi se tornando cada vez mais soturno.

Algumas passagens estão ilegíveis. Vou passando as páginas e lendo ao acaso.

RETRATO

Merda. Tenho 17 anos e vivo no inferno. Lembro de dias melhores. Lembro do dia em que ele colocou o relógio pequenino, pulseira de couro marrom, no meu pulso. Presente para a filha de dez anos que se formava na escola primária. Pegou no meu braço, deu uma olhada e, desatando a correntinha com uma mão, empurrou o relógio para dentro da palma da outra mão e disse "espera". Voltou uma hora depois com uma caixa de veludo azul. Abri. O relógio tinha virado outro, com pulseira de ouro e três diamantes como cabecinhas de alfinete de cada lado do mostrador. A mãe disse que o pai estava me estragando.

Num domingo distante, o pai e eu fomos à fazenda do vô Miguel. Duas horas na estrada e nenhuma palavra. De vez em quando ele cantava "se acaso você chegasse no meu chateau e encontrasse aquela mulher que você gostou… será que tinha coragem de trocar nossa amizade por ela que já… já te abandonou".

As imagens aparecem claras como se fossem de agora. O menino que abria a porteira da fazenda era bobo. "Não pode dizer retardado", o pai dizia. Vai ver que bobo também não se pode dizer. O nome dele era Tiãozinho. Quando ele abria a porteira o pai sorria e dizia: "bobeou…" Tiãozinho completava: "morre mesmo." E os dois caíam na risada. Ouvi mil vezes a mesma ladainha que tinha uma explicação. Uma vez ao abrir a porteira, o menino viu uma galinha que tentava passar para o outro lado. Tiãozinho fechou a porteira na cabeça da galinha. Antes que o pai espantado com a maldade o castigasse, o menino esclareceu: "bobeou, morre mesmo."

Da porteira até a casa eram poucos minutos na estrada de cascalho ladeada de palmeiras. No terreiro, o poço seco com a tampa grande de madeira desbotada continuava lá, porque vó Damiana assim queria. Tiãozinho puxava minha camiseta e lá ia eu ao corredor de cercas ao lado do curral ver o gado enfileirado para o banho de aspersão. Dezenas de tubos de chuveiros jogavam água para o centro por onde passavam vacas e bois. Tiãozinho sabia os nomes: Buscapé, Namorado, Capitão, Dançador, Brilhante, Realejo, Canindé, Papamel, Carinhoso, Camurça. A gente corria para o ribeirão. Calças arregaçadas, as pernas na água fria até o joelho, as piabinhas mordiscando a pele, fazendo cócegas, e a gente ria.

O pai e vô Miguel ficavam horas conversando sobre os negócios. Vó Damiana dizia que pareciam pai e filho e não sogro e genro. "Até no xodó com as filhas eles são iguaizinhos", dizia. "O Miguel gosta mais da Flora do que de mim e o Lucas gosta mais de você do que da Flora: Édipos invertidos." Perguntei o que era Édipo invertido. Ela riu: "É o pai apaixonado pela filha."

Na volta do Remanso, o pai parava no botequim e tomava um copo de cachaça.

Papai continua alto e magro, mas agora ficou careca com bigode grisalho, a cara amarrada, sempre elegante, os movimentos lentos. Parece que ele pensa antes de colocar um pé na frente do outro quando anda, que pensa antes de levar o garfo à boca ou antes de levantar o braço para devolver um livro à estante. Já foi meu rei. Não me lembro dele da época em que era bem pequena. Flora, que gostava de parecer minha irmã e que, talvez por isso mesmo, nunca chamei de mamãe, mandava Jurema me pôr na cama antes dele chegar à noite. De manhã ele já tinha saído para o escritório quando eu me sentava à mesa na cozinha. No retrato que ficava em cima do piano, ele era bem magro, empinado, cachimbo na mão perto do rosto e o cabelo preto. Abaixo do bigode bem aparado, um sorriso de dentes brancos. Acima do bigode, o nariz grande e os olhos cheios de faíscas eram a primeira coisa que se via naquele retrato.

Eu, sentada no degrau da varanda, olhando o sol que já tinha descido atrás do morro e os vagalumes que chegavam no começo da noite. Ele veio, se sentou do meu lado e começou a chorar. "Não aguento mais", disse. Fiquei aflita. Com vergonha: um pai que chora. Flora apareceu: "Entra, Lucas." Ele se foi. "Bebe demais", ela disse. "É muito uísque. Deprime."

O GRANDE AMOR DE FLORA

Eu nunca percebi que Lucas bebia. Ele não bebia socialmente, posso afirmar. A primeira novidade que o testamento de Marcelina me revela é que ele abusava da bebida em casa, e Flora o reprovava. Por que ele estava chorando? O que ele não aguentava mais? Seria a dor que a indiferença de Flora lhe causava? Na época em que Marcelina terminou o curso primário e Lucas comprou o relógio de ouro para a filha, Flora ainda era fiel. Posso apostar. Se ele se sentia miserável, Flora também devia estar muito infeliz naquele casamento. Foi a infelicidade dos dois que abriu as portas para Guy.

Quando Flora me contou sobre seu caso com Guy, ela estava convencida de que a infelicidade ao lado de Lucas estava para encontrar seu fim, e ela poderia recomeçar a vida ao lado do amante. Seu erro foi confiar em mim, desistir de carregar o segredo sozinha e me contar que ia fugir com Guy. Os encontros secretos tinham transformado Flora. Eu já tinha notado que ela andava diferente, mais carinhosa com a irmã, e que tentava se aproximar de mim. Finalmente me veio com aquela história de amor. Eu pensava que a conhecia melhor do que a mim mesma e o susto não poderia ter sido maior diante da revelação que eu jamais teria antecipado. Fiquei aturdida quando ela se levantou da cadeira, me deu um beijo, disse que eu precisava escutá-la com muita paciência e falou durante quase duas horas.

"No fim de uma tarde no começo do verão, eu estava sozinha no escritório da 'Dias melhores'", ela me disse.

Flora servia como voluntária na ONG "Dias melhores", que prestava assistência a crianças excepcionais. Naquela tarde, segurava uma fatura, que não lia. Olhava pela janela o céu rajado de rosa pelo pôr do sol. Pensou que logo iria escurecer, e se deu conta de que alguém estava a suas costas. Virou a cabeça e viu Guy, o banqueiro que estava sempre nas mesmas festas que ela e que costumava fazer doações para seus jantares beneficentes. Embora eles já tivessem se encontrado muitas vezes, nunca tinham conversado de verdade. Ela se levantou e perguntou o que ele queria.

Guy ficou olhando para Flora e ela achou que ele estava um pouco pálido. Ela lhe apontou um sofá e eles se sentaram. Sorriram e ela perguntou se ele estava bem. De repente, ele pareceu tomar coragem.

— Nos vimos ontem na casa de Camila.

— É verdade.

— Você disse que gostaria de ler *O agente secreto*.

— Sim. Da próxima vez que for a Belo Horizonte, vou procurar nas livrarias.

E então ela notou que ele tinha um livro nas mãos.

— Trouxe minha cópia para você.

— Que gentil.

— Se você não estiver muito ocupada, podemos nos encontrar na semana que vem para conversar sobre o livro e tomar um café.

Flora pegou o livro, agradeceu e ficou de aparecer no escritório dele na sexta-feira da semana seguinte. Às vésperas do encontro, ela ainda não tinha aberto o livro. Não conseguia fazê-lo e não entendia por quê: o que teria parecido um prazer poucos dias atrás agora tinha virado uma obrigação. Mas ela queria ir ao encontro e mostrar que não era apenas bonita, mas inteligente também. Pegou o livro, passou o dia lendo e a noite em claro e, quando chegou na última página, olhou para o teto e pensou no destino trágico de Winnie Verloc e em quantas coisas poderia dizer sobre aquela mulher e os homens que a exploraram.

Depois do primeiro encontro na pequena sala de conferências do banco de Guy, os dois passaram a tomar café quase todos os dias. Guy então disse que tinha uma cabana nos arredores da cidade e que lá eles ficariam mais à vontade.

— É pequena, mas não precisamos de muito espaço. E lá tenho um belo aparelho de som, para ouvirmos óperas ou outro tipo de música se você preferir.

Guy levou Flora até a tal cabana: uma casa pequena, confortável e elegante, mobília de luxo, cozinha contemporânea, uma casinha encantadora escondida no meio da vegetação bem cuidada de um enorme jardim. Guy deu uma chave para Flora, disse que ninguém frequentava aquele lugar exceto a faxineira, que vinha pela manhã e saía antes do meio-dia:

— Venha sempre que quiser. Saio do banco todos os dias às quatro da tarde e venho para cá. Estou aqui entre as quatro e meia e sete da noite.

E então... Flora viveu seu grande amor. A consciência de que estava apaixonada foi surgindo devagarinho. Ela encontrava desculpas para ir todos os dias à cabana. Anotava o que lia, comprava discos, e ia se encontrar com Guy. Ele se mostrava atencioso e reservado. Ela se perguntava o que é que ele queria e escondia o desejo debaixo da saia. Duas semanas se passaram e os encontros quase diários se repetiam. Ela notou o tempo que gastava para se compor para os encontros, como caprichava no penteado e refletia sobre o que ia dizer.

Aos poucos, a ambiguidade daquelas tardes aumentou. Tomavam uma taça de vinho, demoravam o olhar um no outro, diziam "bem... e então?". E como nada do que Flora desejava acontecia, ela decidiu se afastar. Ficou uma semana sem aparecer. Pensava que podia esquecê-lo. Ele telefonou. Disse que estava com saudade e ela sentiu uma pontada no estômago. Quando chegou na cabana, esperou um momento até que sua tremura passasse antes de abrir a porta. Guy esperava por ela do lado de dentro, bem perto da soleira. Ela, nervosa, disse alguma coisa sem sentido. Ele aguardou que ela deixasse de falar, deu um passo para trás e disse "entre".

— Uma taça de vinho?

— Não se incomode.
— Não quer?
— Quero.

Ele foi até a cozinha e voltou com duas taças. Ela pensou que não devia ter vindo.

— Faz mais de uma semana que não a vejo.

Ela confundiu-se e gaguejou alguma coisa sobre um resfriado, uma gripe brava, um mal-estar. Ele a olhou preocupado.

— Não, não. Não estou doente. Estou... não sei... atormentada.
— Sinto muito. Quer me contar o que é?
— Não. Não quero incomodar você.
— Sossega, meu amor. Vem aqui. Vem bem perto.

Flora estava tremendo quando Guy a abraçou. Eles ficaram abraçados muito tempo, como se um deles pudesse desaparecer ao se desprender dos braços do outro. Flora, que já tinha uma filha quase adolescente, começou a entender o que outras mulheres aprendem bem mais cedo e que ela nunca tivera com Lucas. Dia após dia, as camadas de proteção de Flora foram caindo e ela deixou a paixão vencer. Com Guy, ela descobriu o que era estar à vontade com outra pessoa. Quase todas as tardes, eles faziam amor, conversavam, faziam amor de novo, e nunca se cansavam de estar ao lado um do outro.

Algumas vezes ela chegava à cabana muito antes dele e se deitava. Ele a encontrava debaixo dos lençóis. No corpo macio de Flora a mão dele se animava. Ela olhava como um tesouro o pau poderoso de Guy. Flora descobriu o prazer e a confiança de um corpo se entregando a outro.

Eles falavam sobre si mesmos, como se amavam, como entendiam o que outro queria dizer antes mesmo que um deles começasse a falar de um livro, de um quadro, do que fosse. Aprenderam a ficar mudos sem fazer nada e a caminhar no jardim de mãos dadas. Algumas vezes Guy levava um trabalho para terminar na cabana e Flora deixou por lá uma penca de livros que podia ler enquanto ele trabalhava.

E então começaram a se dizer que queriam ficar sempre juntos, e imaginavam como seria a vida em comum, onde iriam morar, que lugares poderiam visitar. Guy e Flora falaram do próprio casamento, ela falou de Marcelina, e ele, de seus cinco filhos. Os dois confessaram um ao outro que aquelas tardes eram mais preciosas do que os próprios filhos e começaram a fazer planos de viver juntos, de se mudarem para outra cidade. Conscientes de que ainda não existia divórcio no Brasil e de que seria quase impossível conseguir que a mulher de Guy concordasse com uma separação amigável ou que Lucas deixasse que a filha fosse morar com eles, discutiam as escolhas possíveis.

— Por que não continuamos a ser felizes com o que temos?
— Guy argumentava, pensando no escândalo quando o caso se tornasse público.

— Sim — ela respondia. — Você tem razão.

E no dia seguinte, Guy tinha uma ideia.

— E seu jogasse fora tudo o que tenho? Você viria comigo?

— Sim, meu amor. Hoje mesmo.

E negaceava em seguida.

— Não. Isso, não. Você sabe que eu não poderia fazer isso.

— Por quê?

— Se você jogasse fora tudo que tem, você deixaria de ser quem é. Não quero que você seja outra pessoa.

— Sim, eu sei.

Mais um dia e já não sabia.

— Não me importo com o escândalo. Posso deixar minha mulher e meus filhos.

— Eu também posso deixar o Lucas e a Marcelina.

Nesse dia Flora chorou. Não disseram mais nada e se abraçaram. No dia seguinte Guy pediu a Flora o passaporte dela. Ia comprar passagens para Londres.

Pela primeira vez, Flora me fazia uma confidência tão importante de forma tão sincera e completa. O amante lhe prometeu o oceano com todas as estrelas e os cavalinhos do mar, e ela acreditou.

Sei que me contou tudo com tanto detalhe, porque queria que eu cuidasse de Marcelina. Naquele dia fiquei do lado da minha filha. Meu eu materno, convencido do direito de Flora ao amor e à felicidade, repudiava a prisão no casamento que a deixava infeliz. Tive muita vontade de não ter medo e deixá-la partir em segredo. Meu lado tacanho talvez tenha invejado aquele amor e o medo do escândalo falou mais alto e temi pelo desastre daquela união que a sociedade reprovaria. O medo me mostrou Pedra Bonita como uma baleia monstruosa que haveria de engolir Flora e seu amante e dar cabo deles. Meu eu materno partiu-se em dúvidas: ansiava por ver a filha feliz e queria protegê-la do perigo, mas achava que aquela aventura seria o fim de Flora. Tive consciência dos sentimentos que brigavam dentro de mim, desejando coisas diferentes, cada um deles falando mais alto do que o outro. Bebi um copo d'água para me acalmar. Perguntei a Flora se ela não queria um também. Ela sorriu e agradeceu. Estava calma. O sol se punha.

Flora confiou em mim e eu a traí. O dia seguinte amanheceu nublado, um desses dias de mau agouro. Uma ventania bateu as folhas das janelas contra seus encaixes, escancarou a porta da cozinha e derrubou os copos que estavam em cima da mesa. Corri a passar o ferrolho em portas e janelas. Acordei Miguel para avisá-lo de que Flora e Guy planejavam fugir para o Rio e de lá embarcar para Londres. Os dois acreditavam que, uma vez o fato consumado, poderiam voltar e haveriam de conseguir a separação legal, ele da mulher e ela do Lucas, e tentariam dividir a guarda das crianças.

Nunca vi Miguel tão fora de si. Esbravejando, ele desabalou porta afora como um furacão. Foi à casa de Flora, não deixou que ela avisasse a ninguém que iria sumir por algumas semanas e a colocou à força no carro. Ela não pôde nem mesmo telefonar ou escrever um bilhete para Guy.

O DESAMOR DE TAINÁ

— Quem é mão?
— Tainá.
— Estou um pouco cansada.
— É natural. Ficamos acordadas toda a noite no velório.
— Joga.
— Um minutinho para eu pensar.
— Você parece mais preocupada do que o sapo que caiu na panela de água fervendo.

Aqui no meu quarto posso imaginar Tainá comprando uma carta do baralho: indecisa, antecipando o descontentamento da parceira, Vivi, a amiga desde o tempo de ginásio. Durante muitos anos pensei que Tainá jamais se casaria. Também jamais imaginei que, se ela viesse a se casar, acabaria envolvida numa separação dolorosa.

Tainá foi uma menina arredia, e eu enxergava que, comendo parte do vigor da minha caçula, estava a inveja da irmã mais velha. E como podia deixar de ser, tendo crescido à sombra de Flora? Tainá se virava como podia. Se Flora gostava dos livros, ela gostava de piscina. Se Flora recitava poesias, ela jogava bola. Se Flora a ignorava, ela brincava com Vivi, que logo se tornou sua melhor amiga. A figura da irmã atormentou Tainá na infância. As rivalidades desapareceram na adolescência. Quando adultas, defendiam uma a outra, e se mostraram amigas à medida que a vida as castigava.

Tainá sempre gostou de natação e não prestava atenção aos meninos de sua idade. Vivia sob as asas da avó que a chamava de Tainá-can, minha estrela iluminada, talvez para compensar a luz da outra, talvez pela alegria de ter sido ela quem escolheu o nome da segunda neta. Na escolha do nome, a avó previu que a menina miúda e um tanto sem graça se tornaria aos trinta anos a mulher atraente, por quem um ricaço de São Paulo se encantou. Até onde sei, Tainá nunca teve um namorado antes de encontrar o homem com quem veio a se casar: Rui Garcia Guimarães.

Ele apareceu em Pedra Bonita e se apresentou em nossa casa como parente longínquo dos Oquira: em comum havia uma bisavó, tia avó, ou coisa que o valha. Miguel o recebeu e nos sentamos na sala. Tainá trouxe uma bandeja com café e pães de queijo.

— Açúcar? — perguntei ao visitante.

Distraído, ele não respondeu e continuou olhando para Tainá, a quem avaliava dos pés à cabeça, talvez encantado com a moça, talvez planejando um bote. Insisti.

— Açúcar, Dr. Rui?

— Não, obrigado. Gosto do café amargo.

Miguel lhe perguntou o que viera fazer em Pedra Bonita. Ele, outra vez distraído, aferindo Tainá que lhe sorria, demorou a responder. Pediu desculpas a Miguel pela desatenção e explicou que se interessava por arquitetura e viera fotografar as casas coloniais. Era viúvo, tinha um filho e esperava ficar na cidade por uns quinze dias. Ficou mais de seis semanas. Rui vinha visitar Tainá dia sim, dia não. Trazia o filho que me pareceu mimado e um tanto perdido, se escondendo atrás do pai sem abrir a boca.

Quando Rui se foi, o namoro entre ele e Tainá já estava firme. De São Paulo ele escrevia, telefonava nos fins de semana, e em poucos meses, voltou a Pedra Bonita para pedir a mão dela. Fui contra o casamento. Não usei rodeios para apontar a Tainá que ele me parecia doente: não tinha aparência boa, parecia cansado e envelhecido aos sessenta anos e não demoraria a precisar de uma enfermeira. Ela precisava pesar melhor aquela escolha. Queria servir de babá para um velho sem graça e tomar conta de um garoto meio estranho, talvez envolvido com drogas?

Tainá estava resolvida. O casamento foi marcado e mal tive tempo de comprar o enxoval, escolher os lençóis de linho em cores variadas e, nas toalhas de banho, mandar bordar as iniciais do casal em ponto cheio, RG nas de tom mais escuro e TG nas de tom mais claro, a inicial do sobrenome ligeiramente abaixo da letra do primeiro nome, cujo rabinho se enrolava com capricho no declive esquerdo do G.

Entrando na igreja de braços dados com Miguel, vestida de branco, Tainá sorria um pouco encabulada, mas com alegria inegável, e me pareceu muito bonita. Casou inocente e sem consciência da própria inexperiência. Nada sabia sobre a arte dos amantes e algo dentro dela não queria saber. A lua de mel, como acontece nesses casos, e em outros também, foi um fracasso. Ela custou a admitir a desdita quando me ligou de São Paulo para contar sobre a viagem ao Rio.

Eles chegaram tarde da noite ao Copacabana Palace e subiram até o sexto andar onde ficava a suíte. No corredor, o noivo fez questão de dar o primeiro passo para dentro do quarto carregando a noiva. Um passo e ele quase caiu. Mencionou a tensão do dia e disse que ambos precisavam descansar. Ela disse que queria uma noite linda e ele disse que sim, mas o descanso em primeiro lugar e o casamento, no dia seguinte. Ela passou a noite insone. Ele roncava. Os dois levantaram cedo.

Da janela da suíte caríssima, podiam ver a praia e ficaram de mãos dadas aproveitando a vista. Desceram para tomar o café da manhã, não falaram da noite anterior e saíram para caminhar na praia. Depois do almoço foram ao cinema e, voltando para o hotel no final do dia, jantaram no quarto. Rui mandou vir uma garrafa de champanhe.

Um garçom de libré colocou o jantar numa mesa pequena na sala da suíte. Rui apagou as luzes deixando como iluminação apenas as duas velas brancas no centro da mesa. Ela olhou com admiração a luz refletida no balde de gelo onde estava a garrafa de Veuve Clicquot. Quando Rui estourou a rolha do champanhe, Tainá levou um susto, deu um pulo da cadeira, e ambos riram. Tainá não tinha o hábito de beber nem mesmo uma caipirinha nos nossos almoços de domingo e ficou um pouco tonta com a segunda taça de champanhe. Ele se levantou, e eles caminharam de mãos dadas até a cama.

Ela se despiu e se deitou embaixo dos lençóis. Ele desapareceu por alguns minutos, retornou, se meteu ao lado dela e, rapidamente, montando sobre ela, a penetrou. Tainá engoliu a dor sem emitir qualquer som. Arrancou as cobertas, correu para o banheiro, se assustou com o sangue que lhe manchava as coxas, vomitou e voltou para a cama. Ele perguntou o que tinha acontecido. Ela disse que estava enjoada por causa do champanhe. Ele se virou e em poucos minutos estava roncando.

Rui nunca voltou a fazer sexo com Tainá e ela me disse que isso era um alívio: a lembrança daquela noite no Rio a deixava apavorada. Eu disse a ela que aquilo não era normal. "O que não é normal?", ela perguntou. "O sexo ou a falta de sexo?" Achei melhor não continuar aquela conversa e disse que cada casal faz o arranjo que melhor lhe convém. Tainá não voltou a falar no assunto comigo e muito menos com a avó. Ela sabia que a avó encontraria ali motivo para separação.

Depois de alguns meses e durante todo o tempo em que viveu em São Paulo, em cada ligação de fim de semana, Tainá se queixava de que se sentia numa prisão. Chorava quando pedia notícias de Pedra Bonita e reclamava que Rui se mostrava cada vez mais frio. "Desumano", ela dizia, e ela se sentia cada vez mais isolada do mundo. Eu entendia que aquele casamento era um malogro. As imagens do menino pirracento e do marido indiferente bastavam para me convencer de que não haveria alegria para Tainá em São Paulo. Perguntei se ela não queria passar uma temporada em Pedra Bonita. Ela disse que Rui não iria concordar e começou a telefonar com mais frequência. Sim, queria passar uns meses com a família. Eu disse que viesse. Rui não concordou. Disse que ela precisava se acostumar à vida de casada e que ele a levaria e ao filho para as festas do final de ano em Pedra Bonita.

Antes do final do ano, Rui teve um derrame que o deixou com dificuldade para andar, e ele passou a usar uma cadeira de rodas. Tainá queixava-se que ele queria que ela o servisse 24 horas por dia e que o garoto se tornava cada vez mais estranho. Antes do Natal, ela avisou que eles não poderiam viajar. Foi então que chegou pelo correio uma carta do velhote. Na carta confusa ele misturava os assuntos e acusava Tainá de crueldade.

> Dona Damiana. Não sou homem de me queixar. Mas desde meu acidente vascular o comportamento de sua filha me horroriza. "Não demoro", ela diz, quando me deixa sentado num banco do clube com um beijo seco na minha testa. Pois sim. Tainá pensa que me engana com palavras. Vai vestir o maiô, tem uma hora de hidroginástica, a natação, o chuveiro, o secador de cabelo, a maquiagem. Posso contar mais de três horas. Espero. O que me resta neste mundo é esperar. Esperar que ela me traga o café da manhã, me deixe de molho no banco do clube e, de volta a casa, me ajude a tirar as fraldas molhadas e me deposite em frente à TV. Na TV assisti a uma avó dizendo que não conseguia acreditar que o filho jogara o neto do terceiro andar. O pai sempre fora tão carinhoso com o menino. Aos domingos levava o garoto para brincar no parquinho. Sim, ele bebia. E o neto, que sobrevivera, iria morar com ela a partir de agora. Vi a avó tossir e engasgar, enquanto o tremor dos lábios expunha o choro reprimido. Tive pena. Outra vizinhança. Outra gente. Outra história. Ainda assim, na essência, o mesmo enredo gasto: a violência do guardião contra a vítima indefesa. A violência rotineira é o terceiro membro de uma dupla para completar o inevitável triângulo amoroso. Depois do abraço que machuca vem o que consola, no círculo vicioso da artimanha que devora suas vítimas até o osso. Numa noite escura e chuvosa, descobri que sua filha é cruel não apenas comigo, mas também com meu filho. Ele apareceu chorando na sala, incapaz de explicar o que estava fazendo ali. Descobri que Tainá o espancava. Seria o caso de levar queixa à polícia. Entretanto prefiro que a senhora intervenha e exija melhor

comportamento de sua filha. Imagina que ela chegou a sugerir que, como tenho muito dinheiro, deveria contratar uma enfermeira para me servir e outra para cuidar do meu filho, que tem abusado de remédios por causa dos maus-tratos que recebe de sua filha. Como se eu tivesse dinheiro para jogar fora.

Nada daquilo fazia sentido. Eu sabia que Tainá era incapaz de qualquer crueldade. Estava acabando de ler essa carta quando recebi uma ligação dela. Chorou muito quando disse que o marido era um maluco e o filho dele, metido com drogas, alucinava e a tinha acusado de maldades e torturas. "Fique calma", eu disse a ela. "Para isso existem as separações. Pode esperar que amanhã mesmo seu pai estará em São Paulo."

Miguel tinha seus defeitos, mas sempre defendeu as filhas como faz o jaçanã-macho de bico amarelo. Ou, melhor dizendo, como um lobo, imagem mais apropriada à sua fama. Claro que nesta defesa, cometia erros de trágicas consequências, como na ocasião em que sequestrou e escondeu a Flora. Outras vezes acertava, e acertou na ida a São Paulo. Ele disse ao marido de Tainá que fora buscar a filha e os dois se puseram de acordo: não haveria partilha dos bens do casal, nem pagamento de pensão. Miguel tinha bons advogados e eles cuidaram dos papeis do desquite.

Tainá voltou para nossa casa. Piscava sem parar e retorcia a boca. Eu fingia não ver e, em pouco meses, aqueles movimentos involuntários desapareceram por completo. Ela reencontrou o prazer na companhia da avó. Pedra Bonita lhe bastava.

Na época em que Tainá voltou para casa, eu ainda acreditava que Flora e Lucas viviam bem e sem grandes discórdias. Contei para Flora a história da lua de mel de Tainá e notei que ela ficou muito pálida e quase chorou, como se pudesse entender aquela experiência como sua. Eu não pensava que ela se importasse tanto com a irmã. Pedi que ela não deixasse escapar a minha indiscrição e ela disse "claro que não" com a voz um pouco trêmula. Tainá saiu de seu quarto para tomar café conosco e as duas se abraçaram. Flora disse que Tainá logo encontraria um marido melhor e Tainá bateu com os nós dos dedos na madeira da mesa: "Deus me livre."

Sem se queixar do ex-marido, Tainá rasgou e queimou as fotos da festa do casamento. Nunca voltou a mencionar o nome de Rui, e acabamos nos esquecendo dele. Era como se aquele casamento nunca tivesse acontecido, como se o desamor não deixasse marcas. Sei que isso é impossível, e fiquei esperando que o sofrimento recalcado viesse à tona. Não veio. Ela chorou muito no enterro da irmã e nunca reprovou o comportamento dela quando o escândalo das infidelidades de Flora tomou conta da cidade. Resumiu sua amargura com frases categóricas: "Todos os homens abusam das mulheres e querem ser tratados como deuses só porque nascem armados para violentar suas vítimas." Tentei dissuadi-la de seu rancor:

— Nem todos os homens são como Lucas ou Rui.

Ela sorriu de lado e me olhou com um olhar maldoso.

— São como o meu pai?

Não tive forças para reagir à ironia e lembrá-la de que o pai a salvara do mau casamento.

Apesar de magoada com o azedume de Tainá, ainda assim a convidei a ir comigo e Marcelina para Roma. Ela preferiu ficar com a avó em Pedra Bonita. A avó era boa companhia, gostava do sol e da chuva, das festas e dos cochilos, da carne e dos legumes, da água e do vinho. Enchia a sala de rosas, dálias e margaridas, para que a casa cheirasse à felicidade e Tainá ali se escondesse do mundo.

AS FALSAS LEMBRANÇAS

A partida de buraco continua. O cálculo de Tainá antes do descarte não evita a insatisfação de Vivi.

— Um sete? Uma carta do meio logo no começo da rodada? Assim, vamos perder.

Não disse? Com a porta aberta seria impossível não ouvir o que dizem em volta da mesa do jogo. A mãe de Vivi pensou que Vitória seria um nome que traria sorte à menina. Que nada. Cresceu Vivi de víbora e coitada de Tainá que tem de ouvir a amiga. Parece conformada com sua sorte, mas algumas vezes a encontro um pouco amarga.

— Joga, Dona Maia.
— Joga, vó.
— Estou pensando.
— Em quê?
— Na Margarida.
— Margarida?
— A menina que encontrei na praça da Matriz.
— E aí?
— Aí que me diverti fingindo para a Margarida que eu era muda.
— Chega de conversa, vó. Ao jogo!
— Não chega, não. Prometi para Margarida que voltava hoje.
— Vó, você ontem não foi à praça. Nem ontem nem hoje, porque a Marcelina morreu, passamos a noite no velório, e hoje de manhã fomos ao enterro.

— Não me confunda as ideias. Lembro muito bem do encontro na praça. Aposto que a Margarida ainda está lá me esperando. Ontem foi bem divertido.

Maia se cala e divaga. Entregue à história que inventou sobre Margarida na praça, está revivendo seu encontro imaginário.

Apoio as duas mãos sobre a bengala entre as pernas abertas. Encontro conforto nas cores do ipê florido e no silêncio entrecortado pelas risadas das crianças que correm de um lado para o outro. A praça está sempre cheia de crianças e de velhos. Uma mocinha se aproxima. Quatorze anos? Magrinha como a Marcelina. O short curto, as pernas depiladas cobertas com bronzeador. Senta-se ao meu lado, suspende os cabelos e os retorce, prendendo-os num passe de mágica acima do pescoço. Abre a mochila, tira um livro e começa a ler. Ela parece tão jovem quanto Marcelina no ano em que Flora morreu, mas tenho certeza de que, quando internaram Marcelina, ela já era mais velha do que essa garota. Acho que ela está falando comigo.

— Um conto muito difícil. Não estou entendo nada.

Ela me olha e espera um pouquinho.

— No seu tempo tinha vestibular?

Fico pensando no meu tempo. Bem que foi doce. E o doce se acabou.

— Ah. Desculpe. Me chamo Margarida.

Ela se levanta e fica de pé na minha frente. Curva-se, põe as mãos nos joelhos, examina meu rosto e olha dentro das minhas orelhas.

— A senhora é bem velhinha, mas não é surda. Estou vendo os aparelhos no ouvido.

Silêncio.

— Já sei. A senhora é muda. Conheço um truque. Faço uma pergunta e a senhora me responde fechando os olhos. Pisca uma vez para dizer sim e duas vezes para dizer não.

Pisco uma vez para sinalizar que estou de acordo. Não vou explicar a Margarida que não sou muda. Estou achando a situação divertida, mas com tanta claridade e os olhos secos, vai ser difícil deixar de piscar todo o tempo para dar a ela apenas as respostas que desejo. Ela vai até o café que fica na esquina, fala com o garçom e volta arrastando uma cadeira de plástico. Coloca a cadeira na minha frente, senta-se, coloca os cotovelos sobre os joelhos e apoia o queixo sobre as mãos.

— A senhora tem olhos bem azuis. A professora de português mandou decorar um poema sobre uma mulher que trazia o mar nos olhos. Bonito, a senhora não acha?

Pisco uma vez e completo para mim mesma e em silêncio o poema da mulher que trazia o mar nos olhos não pela cor, mas pela vastidão da alma.

— Concordou, né? Vi que concorda. Precisava ser burra para não concordar.

Sorrio. Margarida não sossega.

— A professora também disse que os homens estão divididos em duas raças. Os que olham para dentro e os que olham para fora. Tá me ouvindo?

Pisco uma vez.

— Estou me vendo refletida na sua pupila. Isso quer dizer que estou olhando para dentro ou para a fora? Quer dizer... Tenho de perguntar uma coisa de cada vez. Quando me vejo no seu olho, estou olhando para dentro, certo?

Pisco uma vez.

— Mas não é para dentro de mim. E, portanto, é para fora. Certo?

Pisco uma vez.

— Pois é. É o que a professora chama de paradoxo. A senhora também está se vendo dentro da minha pupila?

Pisco duas vezes. Não. Não me vejo na sua pupila. Bom que não falo. Assim não tenho de dar explicações. Adulto é aquele que aprendeu a se camuflar. Margarida chega a outras conclusões.

— Eu sei. Dependendo da luz a pupila cresce e dá para ver o reflexo, mas dependendo da luz não dá para ver. A gente não pode mudar a posição da luz. Mas pode mudar de posição. Se a senhora pudesse trocar de lugar comigo...

Ah, se eu pudesse ser jovem outra vez. Aí não seria eu.

Tainá se aproxima, Margarida se levanta e faz uma porção de perguntas. Tainá explica que meu nome é Maia, apenas uma velhinha meio caduca, meio brincalhona. Às vezes não fala por pura teimosia. A menina se mostra confusa e curiosa com a explicação. Olho para Tainá como se pudesse fazer com que ela lesse meus pensamentos. Tainá não entende e diz para Margarida que falo sem parar quando jogamos baralho, que não estou falando agora de gozação. Mas nem assim Tainá consegue estragar meu jogo com a menina. Margarida sorri.

— Gostei da nossa conversa. A senhora vem amanhã?

Pisco uma vez com os dois olhos. E sorrindo pisco de novo com um olho só. Tainá coloca um punho por debaixo de minha axila esquerda e com o apoio dela levanto e me vou fagueira. Minha bengala é puro enfeite e ainda não preciso dela para caminhar. Tainá é meu anjo da guarda. Se ela pudesse tomar aulas de alegria com essa Margarida, então seria uma festa, e haveríamos de dançar em vez de jogar baralho o dia inteiro.

O ABRAÇO

— Agora quem está distraída não é Dona Maia. Sou eu.
— Não diga! A Vivi distraída?
— É. Andei pensando. Coitada da Marcelina. Acho que a culpa não foi do Lucas. A Flora foi a culpada de tudo.
— Você e metade de Pedra Bonita. Lembra das reportagens no *Lanterna* nos dias que precederam o julgamento do Lucas?

Elas podem não se lembrar, mas eu ainda me lembro dos recortes que Tainá me mandou pelo correio. Eu ainda estava com Marcelina em Roma em julho de 1973, quando o julgamento teve lugar e o juiz absolveu Lucas. Uma história mal contada. No jornal, vi a foto de Miguel abraçando o genro, o suposto assassino de sua filha. Aquele abraço deve ter sido um choque não apenas para mim, mas para toda a sociedade de Pedra Bonita. Miguel não pensou na opinião pública? Como ele pôde fazer aquilo?

Quantas vezes matutei sobre a noite em que Lucas matou Flora. Às dez horas da noite, Miguel chegou em casa com Marcelina e foi buscar calmantes no banheiro. "Toma", disse, e eu tomei. Minha Lininha chorava sem parar. Tremia e engasgava com os soluços que acompanhavam suas lágrimas. Ela sempre teve medo do avô.

Miguel, com o sobrolho amarrado e sem me encarar, disse "Flora está morta." "Morta? Quero vê-la." Ele disse: "Impossível, vamos dormir na fazenda."

E Lininha assustada enrolava a língua com palavras desconexas sob o efeito dos calmantes que tinha engolido obrigada pelo avô. Na fazenda a pus na cama, mas não preguei o olho. Ela adormeceu em sono agitado e, só então, Miguel me contou aquela história de horror: na frente de Marcelina, Lucas assassinou Flora, em casa, jantando, enquanto assistia televisão. Ia ser preso. A presença de Marcelina na hora do crime seria mantida em segredo. Ele iria ainda à noite de volta à cidade. Acreditava que poderia liberar sem demora o corpo de Flora para o enterro. Afinal, não teria sido em vão que fora prefeito três vezes. No dia seguinte, voltaria para nos buscar.

Não sei quando Miguel encontrou tempo para fazer seus arranjos tão depressa. À tarde, quando voltamos do Remanso para Pedra Bonita, o sobrado estava cercado de jornalistas e fotógrafos. No cemitério havia dezenas de curiosos. Marcelina, dopada por Miguel, continuava silenciosa guardando seus segredos no escuro do peito.

Antes mesmo da missa de sétimo dia, Miguel me levou junto com Marcelina para o Rio, de onde ela e eu embarcaríamos para Roma. Ainda no Rio, minha Lininha começou a ter crises violentas de choro e dizer que queria ver o pai. Miguel telefonou para Lucas, que já estava em prisão domiciliar. Os advogados, a influência de Miguel e uma fiança fabulosa tinham conseguido que ele aguardasse o julgamento fora da cadeia. Quando Lucas ligou, Marcelina, não sabendo onde ele estava, queria que ele viesse buscá-la no Rio e insistia sem cessar: "Escuta, pai, escuta." Não sei o que ele respondia e ela recomeçava a sua ladainha, "escuta, você precisa me escutar". Quando ela começou a misturar o choro alto com uma espécie de ganido e falta de ar, tomei o telefone das mãos dela. "Por que você não escuta o que ela quer lhe dizer?", perguntei ao Lucas. Ele me disse apenas que era preciso acalmá-la, que não contasse para Marcelina que ele poderia ser preso e aguardava o julgamento. Eu lhe perguntei como seria possível esconder de uma moça de 15 anos o que estava acontecendo. Ele disse que o caso seria abafado e as notícias não chegariam até Roma, para onde partiríamos no dia seguinte. Marcelina, cada vez mais nervosa nos momentos em que não estava dopada por calmantes, dizia que o pai não queria mais saber dela.

EM ROMA

Quando o nervosismo de Marcelina se agravou ainda mais, liguei de Roma para Miguel dizendo que era impossível acalmá-la. Miguel conversou com o embaixador e os dois acertaram que Marcelina seria internada numa clínica de repouso: a menina precisava de tempo e tratamento. Afinal, presenciar o assassinato da mãe pelo pai era um trauma demasiadamente grande. Lininha revelou uma constituição frágil: ficou na clínica durante todos os meses que passamos em Roma e, nas visitas, eu a encontrava cada vez mais magra e calada.

Minha primeira impressão da cidade eterna foi a de que ela era grande demais, caótica demais, os carros parados em filas duplas em meio aos passantes e turistas apressados que falavam alto demais: uma Babel moderna de prédios antiquíssimos. Então é isto o mundo, pensei. Ainda guardo os mapas usados naquela visita: têm as marcas de muitas dobras, os cantos gastos, monumentos assinalados com flechas vermelhas e uma roda grossa que tracei à mão para indicar o Grand Hotel Plaza na Via Del Corso, perto da Piazza di Spagna. A roda em torno da miniatura do hotel conversa comigo e não me deixa mentir. Eu estava com sessenta anos.

Foi numa recepção na embaixada que vi Mário pela primeira vez. O italiano magro de *cashmere* cinza claro e óculos de tartaruga me pareceu magnífico, sensual, um chamado ao pecado. Quem era aquele homem grisalho? Jornalista, escritor de histórias para crianças, falava quatro idiomas à mesa em que os comensais lhe serviam de audiência. Qual a química que me enfeitiçou tão tarde na vida? Difícil saber. Sei que fiquei cativa e fiz, pela primeira vez, uma coisa que nunca mais teria oportunidade de repetir: traí Miguel e durante uma semana fui feliz e me esqueci de Marcelina.

Eu e Mário nos encontrávamos à tarde no Grand Hotel Plaza. Lembro das flores frescas no quarto no nosso primeiro encontro e de um pequeno desastre transformado em dádiva dos deuses. Justamente quando Mário colocou a mão na minha cintura e disse como se sentia atraído por mim, o pólen das flores irritou meu nariz, os músculos das minhas costas e do abdômen bem abaixo das costelas se contraíram e, como se uma tampa na garganta se soltasse de repente, o ar saiu com estrondo, limpando a poeirinha incômoda com um espirro descomunal. Meus olhos se fecharam numa careta e pensei horrorizada que minha alergia assustaria Mário. Ele riu e se afastou por um minuto para contar a história do reencontro de Ulisses e Penélope, quando Telêmaco deu um espirro. Penélope teria interpretado o espirro como um sinal dos deuses. Por isso, o espirro continua a ser visto como a confirmação da verdade do que foi dito.

— Você vê? Não minto sobre minha atração por você. Nosso destino está selado.

Não estava. Uma semana se passou em descarada felicidade quando chegou a cesta de rosas com o bilhete dizendo um "adorei te conhecer e adeus". Naquela mesma noite, havia mais uma recepção na embaixada e o dia escolhido para o bilhete ficou explicado. Ao chegar à festa, avistei Mário que veio ao meu encontro e me apresentou sua mulher, filha de fazendeiros de arroz na região de Ferrara. Ela estava voltando de uma viagem à Índia, a serviço do banco onde trabalhava, e chegara um dia antes do previsto. A mulher era mais jovem do que eu, mais alta, mais elegante e mais alegre. Vestia um tailleur Valentino, o mais famoso estilista italiano naquela época, e me fez sentir como uma caipira fantasiada de miolo de goiaba no meu vestido rosa pálido.

Com a boca seca e a pele arrepiada, pensei que fosse desmaiar, mas conservei o sorriso bobo que surgiu involuntariamente na minha boca, murmurando as formalidades exigidas pela ocasião. Acho que o ambiente não estava bem ventilado, porque me veio uma falta de ar incontrolável e meus músculos custaram a me obedecer quando caminhei até ao banheiro.

Lavei o rosto com a água fria da pia. Controlei mal meus movimentos e deixei meu vestido se molhar. Respirei fundo para ganhar tempo e, recuperando o controle sobre minhas emoções, deixei a recepção sem me despedir e sem que ninguém notasse. Em meia hora estava de volta na segurança do meu apartamento.

Abri a porta. Entrei e me encostei contra ela. Movi o corpo devagar até sentir a bunda bater na dureza do chão. Dobrei os joelhos, escondi o rosto entre eles e fechei os olhos. Não chorei. Guardei no peito o buraco que levarei para sempre no meu corpo envelhecido. Algum dia, meu corpo morto já não sentirá o peso da memória, nem a alegria do encontro tardio na maturidade, nem a ferroada do veneno da inveja, essa espécie de cobra que continua a me acompanhar mesmo depois de tantos anos.

Apesar da decepção e da tristeza diante do que não podia ser meu, não tive raiva de Mário. Não o condenei ao constatar como ele me enganou. Eu também tinha enganado Miguel. Faz diferença o fato de que Mário sabia que eu era casada, enquanto eu nada sabia sobre a existência do seu casamento? Ele não usava aliança e não me ocorreu perguntar. Se eu tivesse perguntado, ele teria admitido? Talvez. Não importa. Minha geração atribui aos homens os direitos inquestionáveis dos deuses e assumo os custos e os prazeres da minha imprudência. A verdade é que, para minha própria incompreensão, continuo a pensar em Mário como um homem generoso, dotado desse conhecimento invejável do prazer de estar vivo. Ele me transmitiu um pouco desse prazer.

Era fevereiro e ele costumava levar para nossos encontros um saco de clementinas, aquela tangerina francesa sem caroços, cujo aroma me enchia de energia. Ele sabia estar sempre à vontade, esquecido do que se passava no mundo, atento apenas ao que estava ao alcance de suas mãos. Ainda me arrepio quando me lembro dele.

Dormi e quando acordei dei o vestido cor de goiaba para a zeladora do prédio e comprei dois novos, pretos, de corte reto, bem modernos e elegantes, que me caíram muito bem. Comprei um saco de clementinas, contratei aulas de cerâmica e só então pensei em Marcelina, de quem eu tinha descuidado durante mais de sete dias.

Fui até a clínica e Marcelina me olhou com raiva. Quando eu aludi à possibilidade de conversar sobre a semana da minha ausência, ela cobriu o rosto com as mãos. Não reclamou da minha ausência, mas me acusou de escondê-la do pai e chegou a me dar um tapa. Queria falar com Lucas. Onde ele estava? Não viria visitá-la? Não gostava mais dela? Parecia não se lembrar do assassinato de Flora ou de que Lucas não podia viajar para fora do Brasil. Eu não tinha como explicar para Marcelina que Lucas aguardava o julgamento em liberdade, mas estava proibido de sair do país.

Nas chamadas internacionais, Miguel me explicava que Lucas não tinha condição de falar com a filha ao telefone. Poderia se emocionar, se comprometer ainda mais, e era preciso proteger Marcelina. Se alguém soubesse que ela não estava na fazenda na hora do crime, poderia ser chamada a depor contra o pai, seria mais um trauma, mais complicações. Eu argumentava que aquele silêncio fazia mal à menina, mas ele não me dava ouvidos. Marcelina insistia que precisava falar com o pai, que ele não podia culpá-la. Culpá-la? Eu explicava que ela não tinha culpa de nada, que os adultos erram. Os filhos não são responsáveis pelos pais. Como poderiam ser?

Meu gaviãozinho fraquejava. Não podia ser de outra forma. Sem um traço qualquer de coragem no seu sangue mole, desde menina mudava de caminho para não pisar em formigas. Sempre incapaz de agressividade, me surpreendeu naquele momento de raiva em que tentou me estapear. Eu procurava acalmá-la, dizia que tudo estava resolvido e se ela perguntava "tudo o quê?", eu me atrapalhava. "Tudo", eu dizia. "A vida está voltando ao normal e logo estaremos em casa." Não queria lhe contar sobre o processo que corria na justiça nem sobre a chance do Lucas ser condenado.

Junto com suas cartas, Tainá mandava os recortes do *Lanterna de Pedra Bonita de Paracatu*. Só voltaríamos seis meses mais tarde, uma vez concluído o julgamento.

O TIRO

Maia embaralha. Emília corta e Vivi dá as cartas. Escuto os passos de Tainá subindo a escada. Ela coloca a cara pela porta entreaberta.
— Tudo bem, mãe?
— Sim. Tudo bem.
— Você precisa de alguma coisa?
— Não consigo pensar em nada.
— Não quer descer um pouco?
— Não. Estou descansando.
— Vivi quer ler os recortes do jornal na época do julgamento de Lucas.
— Que ideia.
— Você conhece a Vivi.
— Ela não tem coração e eu não tenho os recortes. Por que eu teria os recortes?
— Não sei. Você guarda as cartas que recebe. Podia ter guardado os recortes.
— Não. Não guardei.
— Guardei a edição especial com o artigo do promotor. Você se importa que eu dê a minha cópia para a Vivi?
— E por que eu haveria de me importar?
— Bom, se você não se importa. Vou descer. Deixo a porta aberta?
— Deixa.
— Se você precisar de alguma coisa, me chama.
Tainá volta à sala, puxa uma cadeira e se senta.
— Mamãe não guardou os recortes.
— Que pena.

— Não faz mal. Tenho o caderno do domingo que saiu na semana do julgamento.

— Lembro do que se falava na cidade, mas queria ver o que os jornais publicaram — diz Vivi.

— Para quê? — pergunta Emília. — Os jornais não publicaram a verdade. A verdade é que o júri condenou a vítima e absolveu o assassino.

— Vocês estão brigando? — pergunta Maia.

— Não, vó. Ninguém está brigando.

— Talvez não seja o dia nem a hora de pensar no que aconteceu em 72. Acabamos de enterrar a Marcelina — diz Emília.

— Por isso mesmo — diz Vivi. — Conversar ajuda a enterrar o sofrimento também.

— Talvez. Difícil conversar nessa hora. Jogar é melhor.

— O jogo podia nos distrair se vocês não falassem tanto.

— Olha quem está falando!

— Eu assisti o julgamento — diz Tainá. — Foi horrível.

— Horrível como?

— Parecia um teatro. Parecia tudo preparado. Nas primeiras filas do tribunal tinha uma claque de mal-encarados torcendo pela absolvição do Lucas. Não sei quem eles eram, mas acho que devia ser o tipo de gente que procura garantir que as mulheres se mantenham sob o jugo dos homens. Estavam furiosos com as mulheres que saíram na rua com os cartazes que diziam "quem ama não mata". O juiz mandou esvaziar a sala.

Emília se levanta e caminha um pouco pela sala. Para em pé perto da mesa.

— E o delegado? O delegado, que fez o registro da ocorrência e prendeu o Lucas no dia do assassinato. Ele também andou difamando a Flora.

— O delegado? — pergunta Maia. — Que delegado?

— A senhora esqueceu, vovó? O delegado que espalhou boatos pela cidade inteira sobre a morte de Flora. Disse que Lucas e

Flora discutiram e que ela gritou que estava cheia dele e que tinha outro homem e, por isso, levou o tiro na cara.

— Na cara? Não lembro de nada.

— Vó, esquece. Você não precisa de se lembrar de nada disso.

— Lembro da Flora. Era tão bonita.

— Sim, muito bonita. Essa história acabou, pode ficar tranquila, Dona Maia — diz Emília.

— Acabou? Não vai acabar nunca — diz Vivi. — Um tiro na cara. Um tiro certeiro.

— E pensar que foi o próprio Lucas que chamou a polícia — diz Tainá.

— Por que ele se entregou? Por que não fugiu da cena do crime?

— Ele tinha certeza que escaparia da cadeia — diz Tainá.

— Eu não, nunca tive certeza de nada — diz Maia.

— Você é sábia, vó.

— Vocês se lembram do depoimento do delegado? — pergunta Vivi.

— Claro. Você não ouviu o que eu disse ainda há pouco? — diz Emília.

— Você esqueceu dos detalhes — Vivi responde. — Eu não. Teve muito mais coisa além do que você disse na história que o delgado contou. Ele disse que Lucas começou a desconfiar de Flora quando ficou sabendo que ela frequentava um motel.

— E daí? Eles já tinham se separado. Lucas foi visitá-la para tratar da separação dos bens do casal.

Agora Vivi se entusiasma e dispara sem deixar ninguém que ninguém a interrompa.

— Pois é. O delegado contou que estavam só os dois, estavam jantando e vendo televisão. A cozinheira de férias e a filha na fazenda com os avós. Estavam comendo macarronada e começaram a discutir, e Lucas pegou o revólver e deu um tiro. Os vizinhos não ouviram por causa do barulho da televisão. Aposto que Flora provocou o Lucas contando que tinha um novo amante. O pai tinha despachado Guy para São Paulo, mas ela tinha arranjado outro.

Vivi suspira, toma fôlego e termina seu longo discurso com uma tirada maldosa.

— Foi aí que o Lucas não aguentou mais.
— Parece que você não gostava da Flora — diz Maia. — Coitadinha.
— Sim, coitadinha — diz Tainá. — A Vivi só lembra um lado da história. Na verdade, Flora foi vítima de uma verdadeira campanha de difamação. O *Lanterna* chegou a publicar a foto do Motel Cor-de-Rosa. E teve até aplausos para o Lucas depois da absolvição.
— Teve isso também? — pergunta Emília.
— Teve. Bem que o promotor tentou manter o processo no rumo legal. Mas Flora já tinha sido condenada na rua e nas salas de visita onde as pessoas matavam o tempo trocando fofocas sobre os pecados da vítima.

Maia está torcendo as mãos e não consegue segurar as lágrimas.

— Não chora, vó. Pelo menos Marcelina já se encontrava em Roma quando houve o julgamento. Não foi o escândalo que abalou a cabeça da menina.
— Vamos mudar de assunto. Voltamos ao jogo? — pergunta Emília.
— Espera — diz Vivi. — Antes a gente podia ler o jornal de domingo que a Tainá guardou.

O LANTERNA

As vozes me parecem mais baixas e o jogo, interrompido. Escuto o barulho de cadeiras arrastadas e passos hesitantes. Tainá anuncia que vai buscar o caderno do *Lanterna*, guardado em alguma gaveta no escritório do pai. Outra vez ouço seus passos de volta à sala.
— Achei.
— Lê alto.

Lanterna de Pedra Bonita de Paracatu

O início da década de 70 vem assistindo a verdadeiro milagre econômico. O investimento externo colocou a economia num período de crescimento surpreendente. No campo político, porém, o país vive o auge da intolerância, com atos violentos. A incidência de assaltos a bancos vem aumentando, com o pretexto de que os crimes são praticados por jovens idealistas que lutam contra o regime militar.

Na capital mineira, há confrontos entre a polícia e estudantes inconformados com o regime. Na Praça Afonso Arinos e imediações repetem-se cenas de campo de batalha. De um lado, estudantes com pedras, do outro, detetives recém-saídos da academia, com cassetetes e bombas de efeito.

No meio desta balbúrdia, reina a calma em Pedra Bonita, ainda abalada pelo uxoricídio de conotação passional em que, devido a ciúmes, o engenheiro Lucas da Nóbrega matou Flora Oquira, filha do ex-prefeito de Pedra Bonita, Miguel Oquira.

Levado a júri seis meses após o assassinato, o engenheiro conseguiu a absolvição graças à tese de legítima defesa da honra. O julgamento ocorreu sem incidentes, embora a cidade se encontrasse dividida entre, de um lado, os que queriam a absolvição e, de outro, as mulheres que marcharam com cartazes que diziam "quem ama não mata".

Esta edição especial do caderno de domingo cobre o julgamento e oferece ao leitor um artigo exclusivo do promotor, Dr. Cláudio Anselmo da Costa Mendonça, que, no dia da sentença, diante dos aplausos a Lucas, lembrou o julgamento de Cristo em Jerusalém e advertiu os jurados: "Não são alaridos e aplausos que expressam a justiça. Atentem para as provas dos autos. Tanto a justiça togada quanto o júri popular devem julgar de acordo as evidências."

Agora estão todas caladas. Emília segura as mãos de Tainá entre as suas.

— Você deve achar difícil lembrar tudo isso, não é mesmo? Deve ter sido muito sofrimento ser chamada pela acusação para depor.

— Foi, sim. Foi horrível.

— E então? O que aconteceu? — pergunta Vivi.

— Fiquei sentada horas a fio só escutando. Depois me fizeram umas perguntas sem nenhuma ligação direta com o caso.

— Que perguntas?

— Perguntas sobre o comportamento do Lucas em casa e em geral.

— E você?

— Respondi.

— Respondeu o quê?

— Exatamente o que papai e o advogado me disseram para falar. Que Lucas era um homem honesto, bom pai, homem muito sério e correto.

— Não acredito — diz Emília.

— Não acredita por quê?

— Ele matou sua irmã.
— Talvez não tenha sido ele.
De novo o silêncio. Maia diz que quer ir ao banheiro. Tainá se levanta para ajudá-la e deixa o jornal em cima da mesa.
— O que mais está escrito no jornal? — pergunta Vivi.
— Tem uma página sobre o papel dos jurados.
— Você podia ler um pedaço.
— Não, não. Vamos esperar a Tainá.
— Não. Lê um pedaço pelo menos.

CONDENE-SE A VÍTIMA

Emília lê em voz alta:

No Tribunal do Júri, o jurado define se o réu é culpado ou inocente e o juiz faz o cálculo da pena a partir da apuração dos votos. Os convocados para participar do júri que decidiu o desfecho do caso de Flora e Lucas mostraram medo e apreensão diante de nosso repórter. Entrevistados para esta reportagem, se recusaram a ser fotografados. É impossível saber como cada um votou na sala secreta. A regra dita que a apuração se interrompe atingida a maioria de quatro dos sete votos necessários para absolver o réu.

— Chega — diz Vivi. — Essa parte está muito chata. O que importa é que Lucas foi absolvido.

— Pois eu acho que os jurados não podiam ter ignorado as provas — diz Emília. — O revólver era dele e tinha impressões digitais.

— O Tribunal do Júri não é técnico.

— Mesmo assim. O réu tinha confessado o crime ao delegado. Foi ele mesmo que chamou a polícia.

Tainá e Maia estão de volta. Emília se levanta para ajudar Dona Maia a se sentar. Dona Maia olha para Tainá e sorri.

— Por que você sopra a sopa?

— O que você está dizendo, vó?

— Por que você sopra a sopa?

— Para esfriá-la.

— E por que você sopra as mãos?

— Para esquentá-las.
— Está vendo? Você acredita que o mesmo processo resulta em dois efeitos opostos.
— Nada a ver com o que estamos discutindo, Dona Maia. Eu estava explicando para Emília que um jurado não precisa justificar sua decisão. Ele vota apenas com a consciência.
— E pode ir contra a letra da lei? — diz Emília.
— Pode.
— A massa de jurados é burra — diz Tainá.
— A força mental dos juízes togados não é maior — diz Emília.
— Por que você não continua, Tainá?
— Continua o quê?
— A leitura.
— Posso, vó?
— Pode o quê?
— Ler o artigo do promotor.
— Ah. Lê, mas lê devagar.

Não se lava a honra matando
Dr. Cláudio Anselmo da Costa Mendonça

Estamos em 1973. Mais de meio século atrás, o senhor Lima Barreto escrevia na *Revista Contemporânea* um artigo intitulado "Os uxoricidas e a sociedade brasileira". Pouca coisa mudou desde então. Senão vejamos o que escrevia o famoso escritor e jornalista no artigo em que confessa o arrependimento por ter absolvido o marido imbecil que lavou a honra matando a mulher. Em seu artigo, o nobre jornalista constatava que "a honra — como todas as concepções que têm guiado as sociedades passadas — inspira muitos crimes e os desculpa". Lima Barreto reconhece o próprio erro de julgamento e se espanta com a reação da família: "quando saí do júri, os irmãos da vítima vieram-me agradecer o ter eu absolvido o matador de sua irmã." Mudem-se os personagens e veremos a história passada se repetindo no presente.

— Essa história sobre o Lima Barreto é verdade?
— Verdade verdadeira. Publicada no jornal.
— Parece que nada mudou — diz Emília. — Hoje, a sociedade continua a mesma e o marido mata mulher infiel como prática normal e necessária.
— Vocês querem que eu leia o resto do artigo?
— Sim, mais um pouco.

Como é possível que as feministas se preocupem com reivindicações políticas e intelectuais e não lhes interesse a proteção da própria vida? De que lhes vale pleitear a emancipação da mulher pelo trabalho e pelo nivelamento cultural com o homem se aceitam que o mesmo governo — que lhes ampara a aspiração legítima de pleno exercício de seus direitos políticos — se curve diante de maridos, noivos, amantes e namorados que, insatisfeitos com a hegemonia assegurada há milênios para manter as mulheres em subordinação afetiva e dependência econômica, as abatem como reses num matadouro?

Mulheres! Corram ao júri. Corram aos jornais. Façam a consciência do juiz sentir o fato de que elas não são apenas figuras de arquivos e autos, mas criaturas vivas, cheias de ilusões, filhas, mães, irmãs e esposas. Exijam rigor dos tribunais para esses abutres que fazem do amor o pretexto para satisfação dos seus pendores sanguinários. Agitem Pedra Bonita!

— Que exagerado.
— Também não gosto nada dessa verborragia.
— Mas ele tem razão — diz Emília.
— Não acho — diz Vivi. — Os aplausos ao Lucas eram evidência de que a população de Pedra Bonita favorece o decoro. A condenação seria voto favorável ao adultério.

— Ora, que absurdo — diz Tainá. — Raciocina, por favor. Veja bem. Flora não era adúltera quando foi assassinada. Ela já se encontrava legalmente separada do ex-marido. Eles se separaram logo depois que papai trouxe Flora do sítio do amigo onde ela estava escondida. Papai queria evitar que ela fugisse com o Guy. Foi um erro.

— Tainá tem razão — diz Emília. — Flora podia ter um namorado se quisesse. Já não estava casada. Na verdade, a culpa de Flora não tem nada a ver com um suposto adultério. Seu pecado foi pedir o desquite e querer dividir os bens. Enfim, seu erro foi querer ser dona da própria vida, viver de forma independente. Lucas apertou o gatilho porque isso parece inadmissível no sistema em que vivemos.

— Eu também acho — diz Tainá. — Apesar da voz mansa, Flora era uma mulher forte que casou com um sujeitinho fraco. Ele vivia macambúzio. Acho que escondia muita coisa. Um dia ainda vamos descobrir os segredos dele. Sobre Flora posso afirmar que, desde menina, ela parecia saber o que queria e não vacilava em lutar pelo que achava que era seu. Vocês a conheceram e sabem do que estou falando. Enquanto o casamento durou, ela foi o carro-chefe das festas de Pedra Bonita. Um dia ela se cansou. Quando quis a separação, quando tentou escolher um caminho diferente, aí...

— Pois eu tenho minhas dúvidas — diz Vivi. — Acho que Lucas fez o que fez porque não tinha sangue de barata.

— Chega, Vivi. A verdade é que nem temos certeza se foi mesmo o Lucas quem matou Flora.

Escuto a discussão que as fez esquecer o jogo por um momento. De Marcelina e seu enterro parece que elas nem se lembram. Maia está gagá, Tainá nunca foi próxima da sobrinha e Emília sofre, apenas porque sabe do meu sofrimento. A hipocrisia de Vivi na sua condenação do adultério me revira o estômago. Todo mundo sabe do caso dela com o reitor da universidade.

JOGO DUPLO

Pode ser boato, mas os inimigos de Vivi afirmam que essa história é verdadeira e se encarregaram de espalhá-la entre todos os habitantes de Pedra Bonita. Peço perdão pela maldade, mas aqui vai.

Clodovil Nirvana abriu a porta do escritório da professora Vitória Lobo. Sentada à mesa de trabalho, de costas para a porta, a cabeça ligeiramente levantada na direção da janela, ela pressentiu a presença do reitor. Ele, olhando na direção para a qual a cabeça dela apontava, viu, entre as lâminas da persiana, o verde cansado das árvores no pátio da universidade e o ar parado por cima da grama seca. O calor no final daquela tarde de segunda-feira se prolongava como a estiagem que parecia não ter fim. Vivi virou o pescoço e vendo Clodovil com o canto do olho, disse baixinho "tranca a porta".

Clodovil girou a chave para a esquerda. Vivi ouviu o clique ainda sentada de costas. Procurando não fazer ruído, Clodovil, vagaroso, rodou a chave de volta para a direita. Aproximou-se com passos de gato da cadeira onde Vivi se encontrava, colocou o torso contra o encosto da cadeira e as mãos nos ombros da professora. Desceu devagar as mãos dos ombros ao colo e mais devagar ainda até os seios e os segurou por cima da blusa dentro das palmas das mãos, dobrando os dedos sobre a curva inferior daqueles peitos que o sutiã tornava firmes. Subiu as mãos de volta aos ombros e colocou as pontas dos dedos na borda do decote da blusa. Vivi dobrou os cotovelos e, movendo os pulsos para trás, colocou as mãos nas costas. Tateou por cima da blusa procurando o fecho do sutiã e o soltou. Clodovil escorregou as mãos para dentro do sutiã e prendeu os mamilos entre o indicador e o polegar. Alisou os dois mamilos com as palmas das mãos. Bem devagar, com movimentos redondos, deixou as mãos repousarem na pele madura, aumentando e diminuindo a pressão sobre os seios nervosos. Vivi segurava a respiração quando ele suspendia o toque, quase implorando que ele continuasse. Dr. Nirvana retirou as mãos e sentou-se ao lado da mesa na cadeira destinada aos alunos que vinham em busca de orientação. Levantou as sobrancelhas grisalhas e perguntou:

— Você está comigo?
— Sempre.
— Tenho seu voto amanhã?
— Bom, já lhe expliquei que...
— Oh, Deus!
— Qual Deus?
— Qualquer um: Jesus, Apolo, Afrodite, Maomé... Escolhe.
— Maomé não é Deus, senhor reitor. É Alá.
— Que seja. Você acredita em Alá?
— Claro que não.
— E no diabo?
— Aonde você quer chegar?
— Num acordo.

A professora espremeu os olhos por meio segundo. Sabia que o reitor precisava de seu apoio na próxima reunião do colegiado para aprovar a nova grade de disciplinas. Ele queria aumentar a carga horária das quantitativas e criar incentivos para as pesquisas médicas. Seria preciso cortar o orçamento das humanas e a remuneração dos bolsistas de Letras. Vivi liderava um grupo forte que se opunha aos planos do reitor. Ele lhe prometia uma exceção: recursos para a compra de máquinas elétricas de escrever, suporte técnico, quem sabe uma promoção. Podiam conversar melhor durante o jantar, ir a um motel, sua mulher estava fora, numa conferência no Rio de Janeiro. Vitória fez um muxoxo. Não lhe compraria o apoio com melaço, seu voto não estava à venda.

— Você pode vender a sua casa? As suas calças?
— Claro.

— Por quê?
— Porque são minhas, compradas e pagas.
— E o seu sangue? O seu cabelo? Você pode vender?
— Sim. Claro que sim. São meus. Nasceram comigo.
— Por que então você não poderia vender a sua opinião e o seu voto? Eles lhe pertencem para deles dispor tanto quanto seus cabelos.
— Não quero continuar essa discussão.
— A razão é que você se deixou dominar por preconceitos sociais.
— Preconceito ou não... que vou dizer se descobrirem que votei a favor de sua proposta?
— O voto é secreto.
— Quando calcularem os votos, posso ser descoberta.
— Não será descoberta. Dissimulação é o nome do jogo.

Ele olhou o relógio. Ainda tinha um minuto. Ficou em pé, girou em sua direção a cadeira na qual Vitória continuava sentada e alisou os cabelos dela. Segurou a cabeça da professora entre as mãos e a puxou de encontro a sua braguilha. A porta se abriu e Vivi ouviu o clique de uma máquina Polaroid. A moça que segurava a máquina destacou o filme ejetado pela câmera e clicou mais uma vez. Clodovil Nirvana fez um sinal para a moça que entrou, fechando a porta. O reitor apresentou a Vitória sua nova assistente, Carla Ventura, uma Miss Mata Hari de batom vermelho e cabelo engomado. Carla sorriu:

— Muito prazer.

Vivi não se mexeu.

— Que máquina fotográfica é esta?
— Não conhece? Uma Polaroid. Foi inventada em 1923, mas só agora chegou por aqui. Um minutinho de paciência e você vai ver que perfeição.

A máquina tinha cuspido o segundo filme. Nirvana pegou o primeiro das mãos da moça e levantou o cartão quadrado, separando o positivo do negativo. A foto mostrava o perfil de Vitória sobre sua braguilha. Impossível enxergar na imagem em close-up de quem era o tronco masculino cortado abaixo do pescoço e acima do joelho. O reitor devolveu a foto para Carla e disse que a metesse num arquivo e ele avisaria se fosse o caso de queimá-la. Dependia do resultado de uma reunião no dia seguinte. Podia voltar ao trabalho e fechasse a porta ao sair.

Carla se foi. Diante do arquivo na sua sala de trabalho, separou o positivo do negativo do segundo filme. De um ângulo diferente, a foto mostrava a figura masculina por inteiro, as mãos ainda na cabeça da mulher e a cara satisfeita do reitor emoldurada pela persiana entreaberta da janela. Melhor guardá-la junto com a outra na pasta onde arquivava o próprio seguro saúde e o de viagem. Abrindo sua agenda, Carla sorriu. Fazia tempo que planejava uma viagem a Paris e, agora, não faltariam dólares.

As duas fotos ficaram na pasta por um mês, até que Carla as devolveu ao reitor em troca de uma bolada e embarcou para o Velho Mundo. Hoje em dia, ninguém sabe por onde anda Carla, desde que deixou o emprego de assistente do reitor. Sumiu de Pedra Bonita. Mas o vento espalhou pela cidade as cinzas fotográficas e junto com elas a história do voto secreto. Repito sem tirar nem pôr o relato que correu a cidade. Não gosto da Vivi e não entendo por que Tainá insiste nessa amizade.

LONGE DE PEDRA BONITA

Nunca deixei que Vivi percebesse que conheço a história do voto secreto. Não seria capaz de humilhar a amiga de Tainá que sempre a defendeu. Segundo Tainá, a assistente do reitor inventou o boato, porque tinha ciúmes da professora que o reitor prestigiava.

Quanto ao casamento de Flora e Lucas, acho que Emília tem razão. Poucas mulheres vivem como querem e as que tentam empurrar os limites pagam um preço alto. Mal tive coragem para uma traição que permaneceu em segredo. Talvez, se eu pudesse começar de novo, mais jovem... Teria tido a má sorte Flora? Coitada. Ela tentou, mas no momento em que precisou de mim, eu a traí e a entreguei à tirania de Miguel. Ela acabou recebendo o balaço que Minas guarda para a mulher que viola o código de honra masculino. Errei. E errei duas vezes. Quando Flora ansiou pela minha aceitação de seu amor por Guy, eu ainda não tinha vivido as tardes com Mário e me furtei: só apontei perigos. Argumentei que não fosse imprudente. "O medo é um aliado", eu disse a ela, "e, sem ele, coisas terríveis podem nos acontecer". Meu primeiro erro foi cercear a vida. Agora me dou conta de que só a emoção é real e eu estava tentando cortar as asas do coração de Flora. Não, não era só isso, não devo me culpar assim. Eu estava convencida de que Guy a faria desesperadamente infeliz. Eu o achava dissimulado, e minha intuição me mostrava a covardia dele e me fazia ver que ele prometia a Flora coisas que não haveria de cumprir. Ele não seria capaz de abandonar a mulher e os filhos. Eu sabia que ele era vaidoso demais e incapaz de resistir a pressões. Nisso acertei, mas errei uma segunda vez ao contar para Miguel o plano dos amantes. Conhecendo

Miguel, sabia que ele tomaria uma atitude radical, e deveria ter antecipado o drama que suas ações haveriam de provocar. Errei, mas estava certa no meu julgamento de Guy. Ele não aguentou a pressão de Miguel e preferiu a carreira e o prestígio profissional ao amor de Flora. Fugiu com a família de Pedra Bonita, explicando aos amigos que novas oportunidades se abriam em São Paulo.

No final da história, quando Lucas foi absolvido, Miguel decidiu que estava na hora de eu e Marcelina voltarmos de Roma para casa. Não houve final feliz para o meu gaviãozinho. Em Pedra Bonita, confesso que não resisti à decisão de Miguel e acabei concordando com a internação de Marcelina em uma clínica próxima a Belo Horizonte, um lugar que me pareceu tranquilo, quase uma fazenda.

Emília me deu apoio naquela hora e pelejou para que eu não me culpasse, nem a Flora. Disse que Flora, embora procurasse ser valente, era uma vítima, e continuou quase cochichando: ela mesma, ela, a própria Emília, escapou de um destino parecido por sorte ou, talvez, porque conseguiu entender que precisava fugir do jugo da família.

Faz anos que Emília mora no Ceará e aparece apenas uma vez por ano em Pedra Bonita. Desta vez, veio passar um mês e pedir meu conselho para uma decisão sobre a qual, pelo que me contou, desconfio já estar de cabeça feita. Ela precisa resolver se entrega a casa de praia para o filho e se muda para uma casa de repouso ou se continua no Ceará.

Ela não me poupou os detalhes do que se passou alguns meses atrás. O advogado do filho deixou uma pilha de documentos em cima da mesa da casa de praia. Voltaria para buscá-los no dia seguinte. Bastava colocar as iniciais em cada página e assinar o nome por extenso na última linha, abaixo da data já preenchida para facilitar.

O dia estava nublado. O advogado se foi, a chuva caiu e o vento entrou pela porta aberta, mas não espalhou os documentos, que o advogado precavido tinha deixado sob o peso do cinzeiro de pedra-sabão. Emília notou aquele cuidado, suspirou e encheu o copo de uísque. Ela tinha se mudado para a praia do Pontal no

Ceará, antes da chegada dos turistas. Já não sei se ela abandonou o marido ou o contrário. Aposto que nem ela se lembra. Deixou o filho para trás. Construiu a casa de praia com poucos recursos, empilhando tijolos ao lado dos pedreiros. Apesar de sua índole carinhosa, Emília sempre gostou de parecer rude e experiente.

A casa tem dois quartos e uma cozinha com azulejos coloridos, a mesa grande no centro, pronta para abrigar, numa conversa regada a muito uísque, amigos sedentos de segredos e episódios não contados em livros. Isso, claro, antes da morte de Helena, uma alcoólatra acabada com quem Emília dividia a casa.

Na arquitetura idealizada por Emília, a varanda grande de frente para o mar arremata a sala e forma a parte mais feliz da construção. Nos fundos tem uma horta, hoje reduzida a capim. Emília bebe. Sem amigos desde que Helena se foi, deixou a casa envelhecida virar um amontoado de trastes, da porcelana trincada à mobília em frangalhos. As estantes, onde se empilhavam livros, revistas e jornais, agora armazenam caixas de pizza e garrafas vazias. Emília quase não sai, não sabe dizer se pensa na casa como prisão ou abrigo, e veio a Pedra Bonita em busca do conforto que posso oferecer.

No ano passado, acusou o vizinho pelo desaparecimento do seu gato. Quando a bebedeira passou, Emília se deu conta de que ela mesma tinha enterrado o gato que sofria de asma. Antes de cair em si se engalfinhou com o vizinho. Na briga, ganhou o braço quebrado que os médicos colaram com defeito. Emília recusou a cirurgia e, desde então, vira e mexe, ela precisa de colocar o braço numa tipoia.

A notícia do desamparo de Emília viajou até Pedra Bonita e o filho dela apareceu na casa de praia para convencê-la de que uma velha sozinha, num lugar quase desabitado na maior parte do ano, estava em situação precária. Era preciso vender a casa e se mudar. Ele estava disposto a comprar a casa. Pagaria na forma de mensalidades a uma residência de repouso em Belo Horizonte. Emília concordou. Apesar desse entendimento, Emília nada fez para levar o acordo à frente. Não quer mudar de vida. Bebe. Tem dias difíceis quando o braço dói e então bebe mais um pouco e vai levando.

O filho veio num dia de sol com a nora e os netos que Emília nem sabia que existiam. Nunca os tinha visto? Ou andava esquecida? O filho e a mulher se disseram cansados do voo de muitas horas. Os meninos correram para a praia e voltaram excitados descrevendo os surfistas e as ondas enormes e perguntaram se podiam trazer pranchas quando viessem de férias. A nora cochichou alguma coisa no ouvido do filho. Teria de contratar uma companhia de limpeza. Nem duas diaristas trabalhando 24 horas dariam conta de limpar aquele chiqueiro. Emília sentiu vergonha e decidiu mudar de vida. Disse ao filho que desta vez estava disposta a aceitar a proposta. Perguntou se poderia manter sua independência na casa de repouso. Pediu para ver as fotos do residencial Bom Jesus. Olhou o muro alto em torno do pátio cimentado onde se viam cadeiras de plástico. Pensou em anciãs ali sentadas rindo desdentadas como idiotas. Foi caminhar descalça na areia olhando a espuma das ondas. A noite vinha chegando iluminada pelo luar.

Duas semanas depois da visita da família, o advogado do filho cantou as vantagens da cidade grande, as maravilhas dos hospitais de Belo Horizonte e deu notícias dos netos. Ela devia ter orgulho daquelas crianças tão saudáveis. Emília me disse que pôs o copo de uísque em cima da mesa onde o homenzinho pernóstico deixara os documentos para a transmissão de posse da casa e o acordo de pagamento da pensão geriátrica. Retirou da estante um livro querido de Helena e leu um poema.

Aí ficou pensando, ela me disse. "A casa de praia e eu somos como o homem do poema e seu elefante imponente e frágil. Posso ver minha própria solidão na casa-casca de meu corpo envelhecido. Não vou entregar minha casa a nenhuma merda de filho. Faz pouco tempo que me mudei, dez anos não é nada, e a casa é minha ou não é?" "Não", diria Helena, que acreditava estar aqui de passagem, a vida apenas um empréstimo com vencimento inesperado. Mas

Emília acredita que o poeta diria "sim, a casa é sua, faça as pazes com o vizinho e o chame para ajudar no replante da horta". "Acho que você e o poeta estão certos", eu lhe digo. "Esquece a Helena."

CACHOEIRA DO CHORO

Já não escuto a discussão em volta da mesa do jogo. Minha atenção se volta mais uma vez para o testamento de Marcelina. Algumas páginas contêm desenhos estranhos, pequenos monstros e traços e rabiscos sem aparente ligação com o que ela escreve. Outras páginas são perfeitamente legíveis.

Tem dia em que me lembro de tudo. Vó Damiana me chamava de gaviãozinho e de Marcelina-Lina-Lininha e quando eu chorava dizia "tadinha da minha florzinha de asas caídas". Tem dia que é só escuridão. Ainda bem pequena eu acordava no meio da noite ouvindo os soluços de Flora e a encontrava no sofá da sala, o queixo apertado contra os joelhos dobrados e abraçados contra o peito enquanto os ombros saltavam a cada soluço. Eu ia chegando devagarinho e ela não me via até quando eu já estava cara a cara com ela e lhe perguntava o que ela estava fazendo ali e ela me mandava voltar para a cama e eu lhe dizia que ela ia acordar o pai e ela sorria e dizia "ele é de pedra, não acorda". E eu voltava para cama, com pena dela: a filha que um dia teve pena do pai agora tinha pena da mãe. De manhã ela estava toda linda e me mostrava sua foto na coluna social, a Flora deslumbrante, a mais linda mulher da cidade, repetindo o sucesso da vó Damiana e da bivó Maia antes dela. Flora me mandava vestir o uniforme depressa, não queria que eu chegasse atrasada na escola, "seu pai vai te levar". Ela tinha aula de ginástica e salão, o chá das amigas, o clube de leitura, e mais um jantar com mais fotos e, no meio da noite, mais choro na sala de visitas enquanto o pai dormia no quarto.

Como eu suspeitava, Marcelina já sabia da infelicidade dos pais antes da separação. Isso fica claro nas lembranças do meu gaviãozinho. Da forma como escreve, ela não parece doente. Escreve como gente comum. Impossível acreditar que ela estava maluca. Segue-se uma página em branco, outra em branco e desenhos que anunciam talvez que a escrita de Marcelina pode mudar.

Não vou mais escrever este testamento nem contar o que sei. Aí vem o Dr. João e diz que também não preciso lhe dizer aquilo que não quero dizer. Que se quero ficar calada, tudo bem. Que tudo tem seu tempo. O tempo não tem pressa, porque carrega a eternidade. Vai chegar o dia em que estarei preparada para falar. "Quem sabe você escreve o que lhe vem à cabeça?", ele disse. "As palavras, mesmo escritas, também curam." Não sei se quero me curar. Tem hora que lembro de coisas engraçadas. Mas tem hora que quero morrer e descansar para sempre. Tem hora que me dói essa cabeça que não esquece e fica repetindo a mesma coisa sem parar. Posso sentir os olhos do Dr. João cada vez mais pesados. Sei que ele sofre com sua impotência diante desse monstro que sou eu e cujos contornos ele começa a enxergar. Eu sou o monstro quase mudo. O monstro que não quer falar, enquanto no corredor, Joana, a Louca, grita e canta sem descanso: "Aveee, Aveee, Ave Maria." No quarto do lado, o homem alucinado faz discursos sobre a Nova Brasília, berço da justiça onde seus inimigos terão as cabeças cortadas e se recusa a tomar banho. Maria, a enfermeira, tenta convencê-lo com voz mansa, "a água está quentinha". Ameaça: "Ninguém em Nova Brasília haveria de acreditar em homem sujo e fedorento." De nada adianta: "Sai, bruxa, agente dos corrompidos", ele grita.

A garoa cai sem cessar, praga melancólica nessa terra de mortos, e todos os dias vejo pela janela o céu carregado de barcos cinzas e de navios cor de chumbo.

Liberdade pouca, mas ainda assim liberdade, no último fim de semana quando saí em companhia de Maria, e caminhamos pela estradinha barrenta que liga a clínica a uma mata. Nenhum sinal de vida, nenhum ruído, só a chuva fina cortando o silêncio e a voz da Maria que acha que o Dr. João é um babaca que não fode nem sai da cama.

Não reagi quando ela disse isso. Não quero que ela fique sabendo que sinto umas coisas pelo Dr. João. Ela disse também que a cozinheira da clínica é uma bundeira que prefere dar o cu do que a boceta cabeluda. Pensei no que Júlia e vó Damiana diriam, elas que diziam "merdinha" ou "merde, alors" em vez de dizer merda e davam risadinhas como se tivessem falando os maiores palavrões do mundo.

Caminhamos pela encosta da mata. Cheiro de folhagem fresca e lama, cheiro dos dias no Remanso em companhia do Tiãozinho, o sol batendo sem dó no pasto. Debaixo da jabuticabeira a gente se espichava e olhava as lâminas do gramado que nem carpete de agulhas verdes e, pendurados lá bem no alto, os fiapos das nuvens brancas. O vento balançava as folhas e trazia com ele o cheiro de estrume e o zumbido dos mosquitos. A gente espreguiçava espiando o pomar e suas filas de laranjeiras formando listras com as próprias sombras.

Maria faz perguntas que não respondo. Maria não é Jurema. Jurema era engraçada. Ela dizia que quem não é brasileiro não pode entender a importância da bunda nas nossas vidas. A importância da bunda, Jurema dizia, vinha desde o Império, porque Dom Pedro gostava de mulher bunduda e a população aprendeu a dar valor às mulheres de bunda grande. Eu era magrinha e quando ela me via olhando meu próprio corpo com desânimo, me consolava. Que não tivesse pressa, pois a bunda cresce com a idade. A minha continua murcha.

Vó Damiana me contou que Jurema, mal saída da adolescência e já viúva, chegou para trabalhar na cozinha vinda de Cachoeira do Choro, um povoado próximo de Curvelo. A polícia acreditava que o marido de Jurema tinha se metido numa briga, no final da qual os dois adversários caíram mortos. Vó Damiana não sabe, mas Jurema me contou um segredo. Foi ela que matou a pauladas o ambulante Chico da Silva, que tinha assassinado seu marido na briga. Cometeu o crime na Rua do Rio em Cachoeira do Choro, alguns meses antes de se mudar para Pedra Bonita. Não houve testemunhas e, após matar o assassino do marido, Jurema jogou o cacete entre os dois cadáveres. Chamou os vizinhos, que levaram o caso à polícia. O inquérito determinou que os dois se mataram um ao outro.

Quando nasci, Jurema já trabalhava na nossa casa, isto é, minha e de meus pais. Vó Damiana dizia que ela era de inteira confiança e que Flora precisava de uma pessoa assim para cuidar de mim. A cozinha de Jurema tinha cheiro de doce de leite quando fazia frio lá fora e de manga ubá nos dias de calor. Jurema também cheirava. "Você tá fedendo", eu dizia, e ela respondia que não era fedor, era cheiro de gente. Mas depois do chuveiro, quando ela me abraçava, eu gostava daquele perfume de água de rosas que vó Damiana mandava ela usar no sovaco. Cheirinho de Jurema.

GALINHA SEM NINHO

Lembro bem quando Jurema deixou o sobrado e foi trabalhar na casa de Flora. Cuidou de Lininha ainda bebê, se agarrou a ela como se fosse a mãe e viu a menina crescer e ir para a escola. Jurema a esperava de volta com o almoço pronto no fogão, alimentava a garota, mandava que ela tomasse banho e a levava para passear na praça. Sempre que eu aparecia de improviso, encontrava Jurema satisfazendo os desejos da minha neta.

Eu abria a porta da cozinha que dava para o quintal e via Jurema atarefada, pondo uma galinha na gaiola de dois patamares, com suporte para ração, duas alças laterais para manuseio e uma bandeja de metal removível para facilitar a limpeza.

Posso desabotoar a memória. Preocupada com o feijão na panela, Jurema esquece a portinhola entreaberta. Enfiando a cabeça por ali, a galinha-d'angola se esgueira. O pé direito para frente, seu centro de gravidade oscila. Precisa de um impulso. Avança a cabeça, deslocando o peso. O corpo segue, e o centro de gravidade retorna para trás. A cabeça se arremete para frente mais uma vez e o truque incorporado, a galinha ganha velocidade, passa pela porta da cozinha, escapa pelo quintal e some. Jurema se dá conta tarde demais. Jurema atribulada cutuca a cerca viva no fundo do quintal. De repente para. Desiste de caçar a galinha.

— Bom dia, Dona Damiana.

— Bom dia, Jurema.

Logo em seguida, Marcelina chega da escola.

— Bom dia, vó Damiana. Vai almoçar comigo?

— Não, Lininha. Já estou de saída.

Dou um beijo em Marcelina e vou para a sala de onde ainda posso observar as duas.
— Quer feijão, Lininha?
— Quero.
— Com o arroz embaixo? Ou do lado?
— Tanto faz.
— Tanto faz não tem.
Enquanto Lininha brinca com a colher, Jurema lhe conta histórias.
— Conhece a do Abrão? Aquele que foi preso, porque cortou o pescoço do filho com a faca da cozinha e se desculpou dizendo que Deus apareceu de noite e exigiu o sacrifício do menino? Abrão levou o menino para a cozinha e colocou o coitadinho na bancada ao lado da pia. Pôs junto uma galinha. Tinha esperança: Deus podia aparecer de novo e aceitar o sacrifício da galinha no lugar do garoto. Mas Deus não gosta de galinha.
— E aí?
— Prenderam ele.
— Bem feito.
— Come. A comida vai esfriar.
— O que é isso?
— Frango ao molho pardo.
— Então não quero feijão.
Jurema pega o prato e o inclina, empurrando o feijão de volta para dentro da terrina no meio da mesa. O arroz vai junto. Ela desiste de fazer mais perguntas e coloca quiabo e polenta do lado do frango ao molho pardo.
— Conhece a história do Antônio? Ele queria ser escritor. Seu professor vendia drogas e deu dinheiro para ele fazer um jornalzinho e Antônio se meteu com Mariana, amante do Bernardo. Saíram os quatro, Antônio, o professor, Bernardo e Mariana, para tomar cerveja e o professor esfaqueou um pivete na calçada. Antônio foi buscar uma ambulância e, na volta, não encontrou o corpo nem os outros três. Antônio telefonou para Mariana para saber o que fazer e a Mariana disse para ele se acalmar, que não existia pivete morto.

Antônio estava imaginando coisas e acabou no hospício junto com outros mais malucos do que ele.

Para não ficar para trás, Lininha conta para Jurema o que aprendera na escola: irmão podia casar com a irmã no Egito e o rei e a rainha do Havaí eram irmãos. Jurema responde que, para ela, aquela história não servia de nada. Ela não tinha irmão, não morava no Egito e não ia ser rainha do Havaí.

— Não quero essa comida.

— Quer um ovo frito, Lininha?

— Só quero sobremesa.

Jurema franzia os lábios para sinalizar sua desaprovação, mas logo voltava com um pedaço de goiabada e uma taça com sorvete de creme. Desafiava Lininha a inventar um código secreto.

— Imagina que você precisa de pedir socorro, mas não quer que ninguém fique sabendo.

— E aí?

— É só me chamar com o código secreto.

— Qual?

— Vamos combinar.

— Dá um exemplo.

— Se cair uma tromba d´água, você diz o quê?

— Guarda-chuva.

— Isso tá na cara. Não vale, porque código secreto tem que ser difícil de adivinhar.

Algumas vezes me perguntei que sentido Marcelina fazia das histórias de Jurema e se tinha importância que ela ficasse escutando a conversa idiota das empregadas.

— E o Bentinho, Marilu?

— Ouvindo rádio o dia inteiro, Jurema.

— Muita maconha?

— O de sempre.

— Você devia proibir.

— Tenho pena. Ele sofre de ansiedade.

— E o emprego?

— Foi despedido.
— Outra vez?
— Hum...
— Aposto que o Bentinho aprontou.
— Nada. Só faltou ao trabalho por causa da dor de cabeça.
— Vai fazer quantos anos?
— Entrando na casa dos trinta.
— Um rapaz tão bonito. Ah se eu fosse mais moça.

Escutando a lenga-lenga entre Jurema e Marilu, me perguntava se devia intervir. Aquilo era lá conversa para os ouvidos da minha pequena? Mas eu nada fazia. Afinal, o mais importante é que Jurema gostava da minha neta e, com Flora sempre ausente, era ela e só ela quem de fato cuidava de Lininha. Quando Flora morreu, Jurema ainda era pau para toda obra.

PROMESSAS QUEBRADAS

Não sei se Miguel disse a verdade sobre as férias de Jurema. Ele tentava me explicar por que Jurema não apareceu na semana que precedeu minha viagem para Roma. Lá, Marcelina perguntou por ela muitas vezes, e, para satisfazê-la, telefonei para Miguel. Diante de minha insistência, ele disse que Jurema morrera num acidente quando voltava de Curvelo e não sabia dos detalhes. Para Marcelina, comentei apenas que Jurema estava de férias, não dera notícias, e ninguém sabia do paradeiro dela. Desconfio pelo olhar do meu sabiá que ela não acreditou. Talvez eu encontre no testamento o que ela pensou sobre o desparecimento de Jurema.

Fiquei moça aos 12 anos e Jurema fez um bolo para comemorar. Até a mãe me abraçou apertado e cantamos na cozinha pulando e dando risada. Tudo isso para comemorar o sangue que escorre das mulheres todos os meses? Sei lá. Talvez elas estivessem me preparando para aceitar que a vida ia mudar.

E mudou. Eu devia ter uns 13 anos quando Flora parou de chorar à noite. Já não ia ao chá das amigas ou ao clube de leitura. Mas Jurema me contava que ela saía depois do almoço e ficava fora a tarde toda. Eu a via de volta no final do dia com os olhos brilhando, o coque desfeito, os cabelos lisos caídos nos ombros. Ela trazia mais e mais livros consigo, falava de música e cinema, enquanto o pai ficava só olhando e perguntava onde ela estivera. "Passeando", ela dizia. Ele parecia muito triste. Não dizia nada e, calado, se fingia de ausente.

Também me lembro do dia que vô Miguel entrou em casa de manhã e gritou "Flora, você vai comigo". A mãe e o vô Miguel ficaram desaparecidos durante 15 dias. Quando ela voltou, não parecia a mesma pessoa. Chorava sem parar. O pai se mudou de nossa casa para outra que ficava perto e onde eu podia visitá-lo. Eu queria ir com ele, porque estava com pena daquela cara tristonha. Ele disse "melhor não, você fica com sua mãe e nos fins de semana levo você para passear na fazenda". Na escola as meninas cochichavam. Eu não sabia o que tinha acontecido. Quando perguntava, elas se afastavam rindo. Perguntei à vó Damiana: "nada", ela disse. Perguntei à bivó Maia: "nada", ela disse. Perguntei à Jurema: "se eu falar perco o emprego", ela disse e me abraçou. Perguntei ao pai. Ele disse que separações de marido e mulher não aconteciam em Pedra Bonita, e, assim, ele e a mãe inauguravam um jeito novo de viver e tudo que é diferente do costumeiro assusta e, por isso, as meninas cochichavam e riam de nervoso. "E por que vocês se separaram?", perguntei, e ele disse que eu ia entender quando ficasse mais velha, "agora pense noutra coisa, Flora quer o desquite e tem direito a ele". Eu devia aproveitar que agora tinha duas casas e podia ficar orgulhosa de uma mãe independente, que trabalha, não mais como voluntária na "Dias Melhores", mas numa loja de lingerie, onde era a dona e vendia peças que encomendava às bordadeiras de Pedra Bonita. Ah! Mas se era para eu ficar orgulhosa, então por que amarravam a cara quando eu fazia perguntas? Eu queria saber o que tinha acontecido. Por que vô Miguel sumira com a mãe durante 15 dias? Eu estava no escuro, a cabeça dava voltas e nem Jurema queria me ajudar.

Naquele ano que se seguiu à separação de Flora e Lucas, Marcelina sofria. Achei que ela logo iria se acostumar com as mudanças na sua rotina e deixaria de fazer perguntas. Não podia lhe contar que Miguel tinha sequestrado e escondido Flora longe da cidade quando ficou sabendo que ela e Guy tinham planos. Como falar para uma menina sobre amantes que abandonam suas famílias e se mudam para outra cidade? Mudar? Flora e Guy iam se mudar? Para onde? Uma Oquira "morar junto" num país onde nem existia o divórcio? Lucas era um banana. Nem por isso consigo aprovar a truculência de Miguel escondendo Flora, deixando a coitada incomunicável durante 15 dias, enquanto voltava a Pedra Bonita e ameaçava Guy. Guy Abrantes Vilanova Lins Neto, o banqueiro de cabelos grisalhos nas têmporas, o magnata sério, concentrado, sempre cercado de pessoas influentes, que seduziu Flora com sua conversa de intelectual nas tardes calmas de Pedra Bonita. Desde sempre eu tinha condenado Guy por sua relutância em se dedicar às atividades desgastantes dos nossos fazendeiros e me irritava constatar que, sob a voz calma e o olhar de tédio, ele controlava o coração da minha filha. Não sei o que Miguel disse a Guy, mas em menos de dez dias Guy se mudou de Pedra Bonita para São Paulo, com a mulher e os cinco filhos, armas e bagagens, pronto para perseguir novos projetos, esquecido das promessas que fizera a Flora. Miguel então trouxe Flora de volta do esconderijo.

Também não aprovo (e nem mesmo entendo) a proteção que Miguel continuou a oferecer a Lucas. Dois homens tão diferentes. Ninguém é como Deus, mas Miguel acreditava que era. Via-se como o todo poderoso protetor da família, dos empregados da fazenda e dos moradores de Pedra Bonita, da qual fora prefeito três vezes. Escondia a autoridade debaixo de um sorriso permanente e ganhava apelidos carinhosos: Mica, para os amigos, Guel ou Miguelito para os companheiros de bar. Flora e Tainá chamavam o pai de Cervantes e riam. Só Flora ousava desafiar aquele homem que, para o bem ou para o mal, dominava todos os que o cercavam. Coitada da Flora. Nunca pensou que teria de enfrentar o pai e que ele não ia ceder. Talvez se Miguel tivesse deixado Flora ir embora com Guy, não teríamos vivido tantas tragédias. Quanto a Guy, não me interessa se ele está vivo ou morto. Fugiu para São Paulo e saiu do mapa. Entendi que Flora tivesse se apaixonado por ele quando ela me contou sobre as tardes na cabana. Teria sido impossível duvidar da sinceridade com que Flora se abriu para mim. No começo talvez ela tenha se deixado seduzir pelo homem de imenso prestígio, inteligente e culto, que a cobriu de atenções, e Flora sempre teve um fraco por intelectuais, e um intelectual tão rico não era de se jogar fora. Ele era de fato uma figura impressionante, a cara fechada passando a impressão de pensador solitário. Falava pouco, e toda sociedade elogiava sua capacidade para os grandes negócios. A mim me parecia capaz de passar por cima de tudo e de todos para obter o que desejava. Não sei o que Miguel e seus advogados disseram a Guy para que ele se mudasse com tamanha rapidez, levando a mulher e os filhos. Não deixou nem mesmo um bilhete de despedida para a Flora, minha filha bonita e infeliz.

A infelicidade começou com aquele casamento de Flora com Lucas. Como foi que não vi nas crises de Flora antes do casamento o sinal claro do erro que ela temia cometer? Não teria sido o indício de que ela já pressentia a infelicidade de um casamento feito talvez para agradar o pai? Lucas sempre me pareceu um homem magoado, vindo da dor, e mais triste ainda quando concordou com o desquite, então nem se fala. Não nego que era um pai carinhoso. Nunca, nunca deu mostras de violência e, até hoje, não entendo de onde tiraria forças para matar alguém. O que foi que o levou a dar um tiro em Flora? Também não entendo como Miguel o abraçou quando ele foi para a cadeia, e o abraçou de novo depois do julgamento. É claro que ele sabia alguma coisa que eu não sei. Aquele abraço não pode ter sido apenas uma reação à sua desaprovação ao comportamento de Flora e uma resposta ao desgosto que a filha causara à família. Talvez Miguel e Lucas escondessem um segredo e mais escândalos. Desconfio que Marcelina conhecia o segredo, enquanto eu, boba, distraída, não sabia de nada. Não acredito que Miguel trouxe Lucas de volta para a administração do Remanso apesar do assassinato, a menos que... Aos poucos me convenço de que o testamento de Marcelina me dará a resposta.

O NAMORADO

Volto ao caderno e encontro mais páginas em branco. Mais páginas rabiscadas.

Flora assustou-se. E eu também. Não queria que isso tivesse acontecido. Não queria. Ai. Não queria. Ninguém vai acreditar em mim. A visão de Flora ainda viva me sacode. Ela não se mexe, imóvel como a morte, imóvel como o oceano negro da insônia. Uma cabeça baleada. Nada me consola e quando a revejo na escuridão deste quarto onde me escondem, escuto o baque. Baque de manga madura que cai no quintal e bate no chão. Pescoço que se dobra para que a cabeça despenque no prato que se quebra. Tenho medo.

Não entendo o que Marcelina quer dizer e seguem-se duas páginas onde as letras estão riscadas e totalmente cobertas por curtas linhas diagonais. Parece que ela escrevia e rabiscava por cima. Seguem-se páginas de letras de um negro mais intenso que parece furar o papel.

Foi um acesso de fúria. Não. Não um acesso. Uma fúria cozinhada a fogo brando ao longo dos anos, enquanto a água ia esquentando. A pressão interna da panela vai aumentando, aumentando. A pressão é maior do que a gente sente por fora. A água não entra em ebulição em 100ºC. Espera e vai ferver a temperaturas muito mais altas. Aí é tarde. A panela estoura. Ontem tirei um livro na biblioteca da clínica, A sonata de Kreutzer. *Acho que sou igual àquele homem que foi cozinhando o próprio ciúme até que ele ferveu e explodiu.*

Como explodem as guerras. Flora e eu em guerra. As coisas acontecem nas guerras.

Só penso em morrer. Não adianta o Dr. João dizer que preciso falar. Se ele soubesse quem são os meus fantasmas... eu poderia lhe contar histórias que o deixariam de queixo caído.

Crescem minhas suspeitas. Foi ou não foi Lucas quem matou Flora? Foi Jurema? Lucas não confessaria o crime para defender a cozinheira. Estou delirando. E Jurema não tinha saído de férias quando o crime aconteceu? Não sei se ainda tenho ânimo para ler este testamento. Onde foi que parei? Abro o caderno outra vez na página em que Marcelina fala de fantasmas e encontro desenhos de monstros presos em gaiolas, outra página rabiscada e uma sequência de páginas legíveis, a letra caprichada:

O pai chegou de Portugal e veio de visita. Ele está mudado. Sua voz às vezes vacila num falsete do qual não me lembro. Ele disse que me ama. Ama? Sem procurar me ver durante um ano e meio? De se recusar ao ouvir o que eu queria lhe contar? Agora estou convencida de que nem ele iria acreditar na minha história. Ele tenta me abraçar e eu o empurro para longe. Não existe nenhuma chance de que ele possa me entender e, por isso, joguei uma cadeira contra ele, mas errei o alvo e ele foi embora. Eu agora o odeio. Odeio. Flora estava certa. O pai é de pedra. Eu o odeio. Se ele fosse homem de coragem teria enfrentado o vô Miguel. Se ele tivesse deixado Flora viver em paz com Guy, nada disso teria acontecido.

Aquele dia, o dia da morte de Flora, aquele dia foi o dia, dia de revelações, de revolta subindo do estômago para a cabeça, da raiva tomando conta de tudo. E o pai nunca saberá o que de fato aconteceu. Esta será a minha vingança. Flora estava agitada e, ao longo do dia, me contou histórias. Pensei que eram mentiras, mas hoje acredito no que ela estava dizendo. Disse que o pai era impotente e gritou que o Lupércio não era homem para mim. Meu Lupércio. Quando encontrei Lupércio pela primeira vez, senti uma coisa diferente de tudo que já tinha sentido na vida.

Tive vergonha do que eu era e do que eu não era. Lupércio se movia e eu estremecia. Ele resumia um mundo feito todo ele de paragens azuis para onde eu queria voar. Se ele mandasse, eu criava asas, voava, fazia qualquer coisa, deixava de respirar e desmaiava. Ele usava o cabelo comprido num rabo de cavalo e durante muito tempo não me viu. Mas eu já estava alegre, já tinha adivinhado que ele ia me ver e me querer.

Ah! O Lupércio! O estudante de economia, o namoradinho de Marcelina. Desde a morte de Flora, nunca mais ouvimos falar dele e ele nunca voltou para saber o que acontecera com minha neta. Simplesmente sumiu de Pedra Bonita. Sumiu? Não, não sumiu para sempre. Sumiu durante mais de um ano, mas voltou algumas semanas antes dos achaques de Miguel. Foi naquela época que Miguel, até então o mais firme dos homens, sofreu um abalo, e a torre minada foi derrubada por um derrame cerebral devastador.

Sim, Lupércio apareceu, disse que queria falar com o Doutor meu marido e eu mesma o levei ao escritório e subi para avisar Miguel que o moço estava esperando. Miguel vestiu terno e gravata e se demorou, murmurando algumas coisas desconexas, como eu nunca o vira fazer: "chantagista barato", "difícil enterrar os mortos", "mocinho perigoso", "não, não perdia por esperar" e outras palavras soltas até que se acalmou e ficou alisando a gravata em frente ao espelho. Eu desci na frente dele, sentei-me num canto da sala de onde enxergava o escritório e o vi entrar e esquecer a porta aberta durante algum tempo. Escutei com atenção o diálogo que se iniciava. Sempre aprendi com os inimigos. Fiquei escutando o começo da conversa até que ouvi o sinete e me levantei para atender a porta. Um senhor grisalho se apresentou como advogado de Lupércio. Levei-o até ao escritório, mas sem entrar no escritório, ele disse algumas palavras e em poucos minutos se despediu e foi embora apressado, me fazendo apenas um aceno de cabeça. Vi Miguel fechar a porta do escritório, mas a parte do diálogo que ouvi me basta para pintar o que se passou ali dentro. A longa convivência com Miguel me ensinou como ele pensava e agia.

Não sei se alucino, mas a volta de Lupércio depois de quase dois anos da morte de Flora indica que ele saía de seu esconderijo e sabia de alguma coisa de cujo conhecimento pretendia tirar vantagem. Miguel não era homem de se deixar intimidar, já fora vítima de tentativas de chantagens em negócios nada transparentes na sua gestão da prefeitura e sabia ser cruel. Não sei exatamente quais eram os trunfos de Lupércio, mas tenho certeza de que ali estava um segredo ligado à morte de Flora. Posso entrar na cabeça de Miguel antes do derrame e contar, usando a voz daquele que foi meu marido por tantos anos, o encontro daquela tarde.

A TORRE

Lupércio, sentado de costas para a janela, move-se, fazendo menção de se levantar quando apareço no vão da porta. Deixei que ele me esperasse por mais de meia hora, dando a ele tempo de apreciar meu escritório. As paredes cinza chumbo emolduram dois grandes óleos de Siron Franco e um macabro Iberê Camargo, que eu e Lucas compramos numa galeria do Rio de Janeiro. Com as persianas abertas, o sol ilumina a mesa do meu escritório. Lupércio não é bobo. Sabe que a posição dos adversários num encontro serve à busca da vitória. Escolheu o sol nas costas, a porta de entrada ao alcance da vista. Caminho até a janela e fecho as persianas. Acendo a luz acima da mesa e a direciono para seu rosto. Suas olheiras se acentuam. Posso impedi-lo de ter o campo de visão que me mantenha sob sua mira: não me sentarei à frente dele, com a mesa entre nós servindo de parapeito.

Por enquanto, a imobilidade não me serve. Tiro a gravata. Caminho. Não permito que Lupércio adivinhe se me dirijo até as estantes ou a porta corrediça que dá para o jardim interno. Dou meia volta e me coloco atrás de sua cadeira para forçá-lo a se virar e logo me afasto. Ele me acompanha com os olhos duros. Talvez imagine que espero meu advogado ainda por chegar. Engana-se. Ele não virá. Não preciso dele.

— Café? Água?
— Não. Obrigado.

Depois da gentileza, continuo em silêncio por um momento avaliando as maneiras de tomar a dianteira. Abrir a disputa não me traria o prazer que desejo deste encontro. Prefiro prolongar a espera, criar expectativas. Lupércio se impacienta. Começo o diálogo de forma amena:

— Meu advogado sugeriu que o melhor acordo se faz sem intermediários entre as duas partes interessadas.

— E então...

— Podemos dispensar a presença deles.

— Não sei.

— Não sabe por quê? Precisa de proteção?

Damiana aparece à porta que dá para a sala e anuncia o advogado de Lupércio. Lupércio não sabe, mas estou pagando o advogado que ele contratou para lhe soprar os conselhos que invento. Eu cuido dos meus interesses.

— Vão precisar de mim?

Lupércio hesita, faz um sinal negativo com a cabeça e o advogado se vai. Ficamos Lupércio e eu no escritório. Tranco a porta. Mantenho relaxados espírito e corpo. Procuro o momento em que Lupércio vai se distrair para tomar a iniciativa que me levará à vitória. Vencer é essencial.

"Você é um canalha. Bandido, filho da puta", ele diz. Aproveito o relaxamento momentâneo que se segue à ofensa e sem perda de tempo o chamo de chantagista. Estamos de pé, olhos nos olhos. Ele ensaia um sorriso debochado. Guardo a ofensa forte. Minha experiência me permite distinguir a diferença entre ferir sentimentos e golpear o espírito. O golpe se dá com vontade e certeza, ao passo que o ferir não provoca mais do que uma perturbação passageira. O golpe resulta do ato calculado e consciente.

Ele pode recuar, mas não se desviar da má sorte que reservo para ele. Minha mente cresce como a água que se detém diante de um abismo antes de se atirar com força. Sei o que ele quer. Um apartamento em Belo Horizonte. Depois de quase dois anos em silêncio, acredita que merece uma recompensa.

Lupércio alonga a coluna, os quadris e o pescoço. Ao distender seu corpo ao máximo, ele aumenta sua altura, pensando que tem mais condição de vencer. Faz ameaças: "Sei detalhes, posso

denunciar você por ocultamento de provas, enfiá-lo na cadeia."
Avanço e ponho a mão pesada sobre seu ombro direito. Isso é importante. Pressão é uma coisa, ameaça vazia é outra. Fazer pressão é forte. Ameaçar é fraco. Deve-se distinguir bem as duas coisas. Naquela pressão, minha mão se enrijece. Ele estremece. Bom apertar o cerco enquanto ele está confuso. Concentro toda a atenção no ritmo certo da emoção que toma conta dele. Conheço-lhe os pontos fracos para abatê-lo e humilhá-lo. Por enquanto apenas finjo estar no controle: espero a hora. Não posso perder o momento certeiro.

Achamo-nos frente a frente. Enquanto ele ainda se mostra indeciso, posso derrubar seu ânimo com uma palavra ríspida, sem vacilação do espírito. Difícil empurrar frontalmente um argumento pesado e sólido. Mais fácil fazê-lo aos poucos e de viés. Adoto temas em zigue-zague enquanto me concentro: sei debochar da montanha como se eu fosse mar e sobre quem pensa que é mar, despejo uma cordilheira de desafios e humilhações.

Minhas perguntas impedem Lupércio de tomar uma resolução. Desiste de desfiar argumentos e arrolar acusações. Deixa-me aberto todos os flancos. Minhas perguntas o deixaram sem norte. Ele desvia o olhar.

— O apartamento — ele diz.

— Vamos pensar.

Já não lhe disse que me deixasse e à minha família em paz? Ele parece convicto de que acabarei cedendo, sem discernir o sentido da vida e da morte nos mandamentos entre senhor e escravo. Ele sabe que não tem saída quando ameaça de me arrebentar os ossos, e diz que não o faz porque sou velho. Preciso lhe avaliar o estado de ânimo para completar a ofensiva e assegurar a vitória. Na travessia da vida, o homem tem de superar correntes. Precisa conhecê-las, saber se o dia é propício, pois assim, ainda que a direção do vento mude, com vontade firme, pode remar o barco.

— Chega, não vim ouvir discursos — ele diz.

— O que você quer?

— Você sabe.
— O apartamento?
— Preferia...
— Preferia o quê?
— Ficar em Pedra Bonita. Ter uma casa aqui.
— Não diga.

Conheço o namoradinho de Marcelina, sua personalidade, seus pontos fracos e posso surpreendê-lo com uma mudança do meu ritmo. Observo-lhe a cadência da respiração, que se acelera e depois falha anunciando a desistência que se aproxima. Se deixo escapar a oportunidade, ele poderia se recuperar. Seus sinais de fraqueza ainda se mostram. Por isso insisto no meu discurso.

Existe uma tendência de julgar como forte o bandido que, após cometer um roubo, se fecha numa casa. Sei me colocar no lugar dele e ver o quanto ele se sente perdido sem se decidir se deve enfrentar o oponente ou fugir.

Silêncio. Lupércio não reage e capto a ideia que surge da sua emoção, sei que ficou inquieto, com o espírito disposto a se precipitar numa ação descabida, sair para o corredor e fazer um escândalo. Posso transformar-me em Lupércio, colocar-me no lugar dele. Por isso aparento indiferença, finjo não perceber suas maquinações e, com o espírito sereno, adianto-me. Falo mansamente. "Desista." Nesse momento de vantagem, quando a intenção de Lupércio em insistir fica suspensa, tomo a atitude que me conduzirá ao triunfo.

Passar adiante um sentimento é algo que acontece com frequência. Passa-se adiante o bocejo. Pode acontecer de se passar adiante o ritmo do corpo. A tática agora é passar adiante a rendição. Lupércio se deixa contagiar por essa atitude, amolecendo, recebendo o espírito da preguiça. No instante em que percebo nele essa moleza, passo rapidamente ao ato final. Aproveito seu medo da humilhação. Devo atemorizar Lupércio com o poder da imaginação. Dou uma cusparada dentro do cinzeiro da mesa. Ao acontecimento inesperado adiciono agora o terror, arrematando: "Posso mandar espancá-lo até a morte." Cabe pisá-lo como a uma barata, não querendo que ele se vá com o espírito ainda belicoso, vencido apenas na superfície. Devo esmagá-lo até o fundo e me assegurar de que ele perdeu todo o seu moral. Com um pequeno sorriso, perfuro o seu coração com a palavra mais dura, tendo o cuidado de fingir que não sei o que estou fazendo. "Flora o achava ridículo, sabia? E Marcelina ainda debocha de você quando aparece a ocasião."

DESDOBRA-SE A LÍNGUA

Dois dias depois daquela visita, Lupércio apareceu morto na mala de um carro roubado e abandonado na BR-356. A polícia não encontrou o assassino nem o ladrão do carro. Logo me distraí da notícia. Na mesma semana Miguel apareceu com febre e os dias que se seguiram foram um pesadelo. Antes do derrame que acabaria com ele, Miguel deu muito trabalho, com a garganta inflamada e uma diarreia persistente. Começou a acordar à noite ensopado de suor e sua pele se cobriu de manchas e feridas. Mostrou-se irritado e nervoso até que o derrame o derrubou. Carregado para o hospital, de lá já saiu sem vida. Quando o vi no caixão, enxerguei, por um segundo, uma boca enorme se abrindo como uma caverna escura na altura do estômago daquele que foi meu dono e senhor. Uma alucinação difícil de esquecer. Talvez os terrores de Marcelina fossem assim, e tenho medo de acabar de ler o testamento. Estou convencida que ainda vou encontrar ali mais razões para sofrer.

"Seu pai é impotente", ela disse. A mãe pode dizer uma coisa dessas para a filha? Flora não me respeitou. Não respeitou o pai nem meus sentimentos. Tristeza tão grande de ver que ela falou o que não devia. No meu julgamento, ela caiu, e não é fácil ver a mãe despencar no julgamento da filha. Eu não queria saber o que ela queria contar. Não precisava e me doía mais sua falta de pudor do que a revelação sobre o pai. "Você não sabe de nada", ela disse. Eu sabia, sim, sabia que o que ela queria era falar mal do pai e evitar outro assunto mais importante. Não queria falar de Lupércio e contar que o havia seduzido. "Lupércio não presta", ela disse. "Não é homem para você."

Lupércio era lindo. O homem mais lindo que eu já vi. Ele tinha vinte anos, estava na universidade, enquanto eu mal completava 14. Pensava que ele nunca olharia para mim. Na rua, quando o avistava lá longe, eu atravessava para o outro lado da calçada. Achava que não ia aguentar as marteladas do meu coração quando passava por ele. Na festa de 15 anos da Joana, sobrinha da Camila, Lupércio me tirou para dançar. Colocou a mão na minha cintura e logo se virou para responder o chamado de um amigo. Não ouvi o que ele disse, notei apenas que ele puxou minha cintura na sua direção. Colocou a boca perto do meu pescoço e senti o calor da sua respiração pausada enquanto eu ficava sem ar. Perguntou se eu gostava de música. A banda estava tocando "Detalhes" e o cantor cheio de meneios parecia com o Roberto Carlos. Eu disse que achava lindo. Ele deu risada. "Não é dessa música melosa que estou falando, não. Você gosta do Tim Maia?" Fiquei vermelha de vergonha. Nunca tinha ouvido falar. Ele disse que ia me emprestar o disco para eu ouvir "Não quero dinheiro". E no dia seguinte foi na minha casa entregar. Um homem de vinte anos, na universidade, e eu aquela pirralha ignorante. E ele ainda debochou: "Se você gosta do Roberto Carlos, devia ouvir o Waldick Soriano", e rindo cantou "é com os olhos rasos d'água e chorando de saudades que lhe escrevo essa cartinha", e deu mais uma risada e eu lembrei do pai na estrada para Remanso cantando "se acaso você chegasse".

Lupércio tocava a campainha da minha casa e a gente caminhava de mãos dadas. A gente se sentava na praça. Então eu me esquecia que o pai e Flora tinham se separado, esquecia do mundo, esquecia dos deveres para a escola e não acreditava que a vida podia ser tão boa, que não precisava de nada, podia ficar ouvindo Elis Regina cantando "Casa no campo" no rádio de pilha, de mãos dadas com o Lupércio. Um dia ele enfiou a mão debaixo da minha saia, a mão deslizou na minha coxa em busca dos proibidos e meu coração disparou, e 1971 foi o melhor ano da minha vida.

Depois Lupércio passou a me levar para a casa que um amigo bem mais velho lhe emprestava. Quando Lupércio se ia, ele continuava no meu olhar, no meu corpo, no batimento dentro do peito, na xoxota molhada, na cabeça tonta. "Não vou mais", eu dizia, "não devo, não posso". Ia. Se eu soubesse cantar, cantava. Se fosse mesmo um gavião de penacho, voava, desaparecia no vento. Foi o céu antes do inferno de 72. Eu perguntava "quem é você?", e ele dizia "sou o demônio", e eu, "não pode ser, me contaram que o demônio é horroroso". "Ah", ele respondia, "você anda conversando com meus detratores" e o amor era isso então: um sino batendo dentro do peito, a cabeça a mil, cheia de ideias e planos e o tempo correndo e eu também.

E então veio o dia em que cheguei em casa e encontrei Flora na cama com Lupércio. Isso foi ontem. Quer dizer, não ontem antes do dia de hoje, mas ontem, o dia antes da morte de Flora, o dia que se repete todos os dias, o dia em que encontrei Flora na cama com Lupércio, o dia das revelações. O dia que passei inteirinho chorando e Flora também chorou. Teve uma hora em que ela gritou "cala a boca, você tem de respeitar sua mãe" e me deu um calmante e eu dormi e só acordei na noite do dia seguinte.

Flora tinha posto a mesa de jantar. Jurema não estava e Flora cozinhou a única coisa que ela sabia fazer: uma macarronada. Ferveu a água do macarrão e abriu o molho de tomate comprado pronto na venda do Seu Dilermando. Já estava pronto quando me levantei. Ela tinha posto os pratos na mesa e estava com a televisão ligada. Quando eu cheguei, ela disse para eu sentar e encheu meu prato com macarronada e o dela também. Ela começou a comer, mas eu nem encostei o garfo na comida e a raiva já estava cozinhando dentro do meu estômago e subindo para a cabeça. Quando abri a boca a voz saiu num berro tão alto que me assustei. "Vou embora." "Quando?" "Hoje." "Para onde?" "Para a casa do pai." "E você sabe quem vai encontrar lá?" E ela começou outra vez a conversa de "você não conhece o seu pai". "Nem imagina quem vai encontrar por lá. O Lupércio." E eu gritei "o que você está dizendo?" Ela disse que o Lupércio era um predador sexual. "Pre-o-quê?", eu perguntei. "Pre-da-dor, um cara que acha que pode tudo, que seduz e trepa com todo mundo, que apesar da pouca idade já é totalmente corrupto, que não distingue entre adolescentes, mulheres e homens, todos lhe servem de repasto, que sabe quando a vítima está fraca e pronta para que ele a ataque e a devore com sua beleza e sua lábia." "*Não é*", eu disse. "*É você que é uma puta.*" *E comecei a chorar de novo.* "*Você abandonou o pai e se ofereceu ao meu namorado.*" "*Pois vá para a casa do seu pai*", ela gritou, "*e verá quem está na cama com ele.*" *Não consigo lembrar todas as coisas horríveis que eu disse. Ela se levantou, foi até o quarto e voltou com um revólver. Perguntei se ela ia me matar. Flora disse que não. Sentou-se outra vez. Pôs o revólver do lado do prato. Parecia mais calma. Disse que Lupércio era um cabrito arrogante, um intelectual de merda, que tinha um caso com o pai, que viu que eu era vulnerável, que ela também estava frágil. Lupércio tinha um plano para tirar dinheiro do vô Miguel, ela disse.* "*Escuta uma vez ao menos*", *ela insistiu,* "*trepei com Lupércio para você ver e entender que ele não presta*". "*Vagabunda, você é vagabunda*", *eu disse,* "*e não acredito em nada do que você diz. Te odeio, você não é minha mãe, por isso nunca te chamei de mãe e te odeio porque é você quem não presta, vive de seduzir homens, perversa, egoísta, vagabunda. Você está velha. Velha e feia. Precisa seduzir o namorado da filha para provar que ainda é mulher*". *Foi nessa hora que a campainha da porta tocou e quem apareceu foi o Lupércio. Foi entrando e perguntando o que estava acontecendo. Eu peguei o revólver em cima da mesa. A mãe disse que estava cansada, muito cansada. Lupércio olhou para o revólver nas minhas mãos e ficou branco. Coloquei o revólver de volta na mesa. Flora puxou o revólver para perto de si.* "*Você quer ver o que vou fazer?*", *perguntou. Escutei um barulho na cozinha. Acho que a Jurema tinha voltado mais cedo. A mãe agarrou o revólver, colocou o cano na boca e olhou para mim. Tentei dar uma risada. A mãe continuava com o revólver na boca.* "*Vai*", *eu disse,* "*se mata*". *Vi um tremor nos lábios dela que se agarraram ao cano do revólver. Passou alguma coisa nos olhos dela que não sei dizer o que era e ouvi o tiro e entendi o meu erro. Durante todo dia só tinha visto meu próprio sofrimento. Eu era responsável pela morte da mãe.*

A SUICIDA

Preciso respirar. Não posso acreditar no que acabo de ler. E, no entanto, porque Marcelina haveria de mentir? Quero gritar, achar a minha Lininha, colocá-la no colo, abraçar o meu sabiá. Preciso ficar calma para pensar. Quando Marcelina entrou na adolescência, ela já tinha se transformado no retrato vivo de Flora mocinha: os seios pequenos, a voz doce que não demoraria a emudecer, os cabelos fartos. Marcelina então os cortou bem curtos como os de um menino, como se quisesse negar qualquer semelhança com a mãe. Eu podia ver a rivalidade entre as duas. Quem pode me culpar de olhar para o lado e aplacar a lembrança de meus próprios conflitos? Posso acreditar que Flora se matou como Marcelina viria a se matar três anos depois? Tento conversar com a lembrança de Flora, carne da minha carne, sangue do meu sangue. Flora e Marcelina começam a mergulhar na escuridão da memória que me abandona.

Acho que cochilei um minuto. Levanto, dou alguns passos, volto a me sentar. E mais uma vez escuto a conversa que chega amortecida lá da sala.

— Tenho uma mão ruim.
— Não vale.
— Não vale o quê?
— Passar recado para a parceira.
— Que recado?
— Não se faça de inocente. Você está anunciando para a Tainá que não pode bater.
— Isso é jogo ou briga?
— Não, não foi nada.

— Alguém quer um café?

— Seria bom — diz Vivi.

— Um porto?

— Um uisquinho, melhor ainda — diz Emília.

— Vocês sabem como a Marcelina se matou?

A pergunta só pode vir daquela Vivi indiscreta e insensível. E agora? Pedi segredo a Tainá e a Emília. Tenho certeza de que posso confiar em Emília, mas desconfio que Tainá talvez não consiga resistir à pressão da amiga, a quem ela sempre procura agradar. Se ela abrir a boca, como a mamãe vai reagir?

— Damiana não quer que se comente.

— Então você sabe e não quer contar. Conta logo.

— Você ouviu, Vivi. Melhor não falar sobre isso.

— Ora, ora. Não adianta fazer mistério. Todo mundo vai acabar sabendo.

— Não, Tainá. Se sua mãe pediu, é melhor esquecer de vez o que aconteceu.

— Falou a Emília, a mulher dos panos quentes.

— Não sou surda — diz Maia. — Por que a Damiana não me contou? Eu também quero saber.

— Tem certeza, vó?

— E eu algum dia já tive certeza de alguma coisa?

— Anda, Tainá. Conta logo. Não se faça de rogada. Conta.

— É. Não adianta fazer mistério. A enfermeira que encontrou o corpo já deve ter espalhado para meio mundo. Ainda assim... Difícil de dizer.

— Fala!

— Marcelina tomou formicida.

— O quêêê?

— O chão do quarto estava coberto do sangue que ela vomitou. Morreu cheia de dores. Parece que ficou muito tempo se retorcendo, deve ter sido... não sei... asfixia antes de a enfermeira chegar.

— Nossa mãe!

— Dona Maia! O que foi? A senhora está passando mal?

— Vou desmaiar.
— Toma um copo d'água.
— Com um pouco de açúcar é melhor.
— Preciso chorar.
— Pronto. Bebe. É só água com açúcar. Bebe. Vai passar.
— Está melhor, vó?
— Um pouco. Coitadinha da Marcelina.
— Onde foi que a Marcelina arranjou o formicida?

Parece que a curiosidade da Vivi não tem limites. Essa desalmada não me passa pela garganta. Queria sair do meu quarto e expulsá-la de casa. Tainá me traiu e agora vai despejar tudo que Vivi deseja ouvir.

— Parece que ela estava ajudando o jardineiro na clínica.
— Como?
— Uma das atividades terapêuticas da clínica. Ela podia ter escolhido pintar, desenhar ou bordar ponto de cruz. Mas preferiu fazer jardinagem.
— Que desastre.
— Você está bem, vó?
— Como posso estar bem?
— Quer se deitar, Dona Maia?
— Não. Deitar só piora as dores da alma. Como foi que Marcelina teve essa ideia horrível? Como pode ter tomado essa decisão? Como encontrou coragem para passar da ideia ao ato?
— Dona Maia, acho que nem os médicos conseguem entender como alguém resolve se matar.
— Depende — diz Vivi.
— Depende de quê?
— Depende se existe outra saída. No caso de Getúlio Vargas, qualquer um pode ver que se tratava de uma equação matemática: ele não tinha saída e preferiu a morte. A mesma coisa no caso do Valter. Lembram? Ele se apaixonou pela mulher do Carlos e deixou um bilhete se dizendo perdido numa escolha impossível: ou traía o amigo ou renunciava ao seu amor.

— Ah, não. Valter era um maluco. Podia ter mudado de Pedra Bonita e procurado outra mulher.

— Não vem ao caso. O que eu queria saber é por que Marcelina se matou. Ela estava internada, mas a clínica não era uma prisão. Ela podia se curar e sair.

Vivi não conhece limites. Agora nada poderá fazer com que ela se cale. Adivinho que Tainá vai inventar explicações.

— Ela tinha um namorado que desapareceu.

— Acho que não vale a pena especular — diz Emília.

— Pode ter sido um impulso incontrolável — diz Tainá.

— Duvido. Achar e pegar o formicida exige planejamento — diz Vivi.

— Chega, Vivi. Não queremos saber de suas equações racionais. Foi um momento de loucura.

— Também acho.

— Loucura talvez. Tem loucura louca e tem uma loucura premeditada, consciente. Ela escolheu uma forma definitiva, sem remédio. Se tivesse apenas cortado os pulsos, podia ser um pedido de socorro.

— Por favor, Vivi. Deixa Marcelina em paz.

— Ela podia estar se punindo — insiste Vivi.

— E do que ela era culpada?

— Cada um carrega suas culpas. E... veja lá, Tainá. Você há de concordar comigo que Marcelina gostava de contar mentiras.

— Não seja cruel. Não julgue os mortos. E os médicos dizem que os loucos não sabem o que é certo ou errado.

— Eu via como ela manipulava Dona Damiana desde menina.

— Um pouco de compaixão, Vivi. Por favor.

— Compaixão? Ela mostrou compaixão pela Dona Damiana? Por quem sempre cuidou dela?

Agora todas elas começam a falar ao mesmo tempo. Vivi se excedeu ao deslanchar sua maldade contra Marcelina morta e até Tainá ficou brava com ela. Por que não me levanto? Por que não grito? Espero. Por um momento não consigo distinguir o que dizem. Será que essa discussão não vai ter fim? Talvez. Há silêncio. Então escuto a voz de Emília:

— Imagino que ela estava se sentindo no fundo de um buraco escuro e sem saída e o desespero foi aumentando. Com certeza ela hesitou, pensou em diferentes formas de se matar, procurou uma navalha, e quando o sofrimento ficou grande demais ela escolheu o veneno que se encontrava ao alcance de suas mãos.

— Pode ser — diz Tainá. — Você ficou tão quieta, vó. Ainda está se sentindo mal?

— Estou triste. Tenho muita pena de Marcelina. Foi uma menina tão bonita antes de emagrecer e ficar parecendo um passarinho sem asas. Vocês já pensaram o que é viver numa clínica? Num quarto com uma porta para um corredor comprido ladeado por dezenas de portas trancadas? E só falar com loucos e enfermeiras?

— Marcelina não conversava com ninguém. Não abria a boca. Mamãe tentou trazê-la para casa depois da morte de Cervantes. O médico disse que ainda não estava na hora.

É verdade. Falei em trazer Marcelina de volta para Pedra Bonita, mas acho que, apesar da culpa me atormentar em meus pesadelos, não me empenhei, como não protestei a tempo, quando Miguel decidiu que ela iria para a clínica. Como não enxerguei que, naquela casa para todo tipo de loucos e drogados, o naufrágio de Marcelina seria inevitável. E não posso negar que espacei as visitas para fugir da dor e do desânimo. Sinto um vazio no estômago, um aperto no esôfago feito de remorso e horror. Chega lá de baixo a voz de Emília, como se a amiga adivinhasse o que sinto aqui, sozinha no meu quarto, e como se fosse possível me consolar.

— Bem que Damiana tentou — diz Emília. — Marcelina parecia não saber que tinha uma casa para chamar de sua, que Damiana estava ali e queria trazê-la para perto.

— E você, vó, bem que gostaria de fazer Marcelina rir com suas piadas, não é mesmo?

— Isso, sim, seria um luxo.

— Coitadinha da Marcelina.

— Que descanse em paz.

— Amém.

— Ela não devia ter feito uma coisa dessa. É contra a vontade de Deus — insiste Vivi.

— E desde quando você conhece a vontade de Deus?

— Ora. Que pergunta. Através da Igreja, claro.

— Chega, Vivi! Chega!

— Já está ficando tarde — diz Emília.

— Vamos terminar esta mão — diz Tainá

— Só não quero que minha parceira bata e me deixe morrer com um ás e um curinga na mão — diz Vivi.

Novamente há silêncio. Ainda abaladas pela discussão, elas se concentram no jogo e, durante meia hora, ficam em paz. Segue-se a contagem dos pontos, e escuto vibrando no ar duas vozes satisfeitas, outras duas descontentes e, finalmente, o ruído das cadeiras que as jogadoras arrastam antes da despedida.

— Seis horas da tarde. Preciso ir — diz Vivi.

— Não vou subir para beijar a Damiana — diz Emília. — Ela disse que queria ficar sozinha, deve estar tirando um cochilo e não quero incomodar.

— Estava bom o café.

— E comemos mais de dez broinhas.

— Também estavam boas. Não tão boas quanto as que Jurema fazia.

— Sim, eram boas as broas que Jurema fazia.

— E o que foi que aconteceu com ela?

— Ninguém sabe.

TRAIÇÕES

Vivi e Emília se vão. Tainá as convenceu de que não tentassem subir para me dizer adeus. Melhor assim. Já não posso ouvir ou falar sobre a morte de Marcelina. De nada valeu meu pedido a Tainá para que ocultasse de mamãe a notícia do corpinho contorcido de dor e escondesse a tragédia do sangue derramado pelo chão. Terrível aquela discussão sem constrangimentos. Se Vivi não me tem consideração, podia ter um pouco mais de humanidade e pensar na mamãe, já tão velha, com poucos momentos de completa lucidez. Parece que ela nem suspeitava que eu podia ouvir do meu quarto tudo o que se passava na sala. Mamãe ficou abalada. Talvez ela ponha de lado o que ouviu da mesma forma como se esquece do que se passou na véspera ou do que aconteceu na hora do almoço, misturando até os nomes de pessoas da família. Melhor assim para que daqui a pouco ela pense em outras coisas, nas lembranças da infância ou em encontros inexistentes que ela, na sua confusão, acredita que acabaram de ocorrer. Em poucas horas ela estará se sentindo bem, enquanto eu ficarei aqui com minha dor, pensando no meu colibri que perdeu a língua.

Queria chorar, gemer, deixar explodir essa amargura e dormir. Como pude concordar com a internação de Marcelina quando estávamos em Roma? Foi ali que seu suplício começou. E, mais tarde, por que colocá-la na clínica perto de Belo Horizonte? Não havia uma clínica mais perto de Pedra Bonita, onde eu poderia visitá-la todos os dias? Penso na última vez que a vi, transparente de tão pálida, muda, sentada num canto do quarto de paredes muito brancas, a claridade forte entrando pela janela. O silêncio é uma forma terrível de solidão. Miguel tinha morrido havia uma semana. Perguntei ao Dr. João se podia levá-la para casa. Ele disse que Marcelina precisava de um pouco mais de tempo, que ela estava começando a melhorar, que a jardinagem lhe fazia bem, que ela ia se recuperar, podia me garantir. Por que não lutei para converter meu afeto em atitudes firmes, em ações que pudessem mudar as decisões de Miguel? Hoje minhas boas intenções ladrilham inutilmente o chão do inferno. Busco um pouco de coragem para ler as últimas páginas do testamento de Marcelina.

Fiquei parada. O tempo estava passando e a televisão continuava ligada. Eu precisava de ajuda e vó Damiana ia me matar se soubesse. Jurema com certeza estava longe naquela hora. Talvez escondida no quarto dos fundos, fingindo que estava de férias. O Lupércio tinha fugido. O pai... será que eu podia confiar nele? Não tinha escolha. Tinha de ser o pai. Liguei, ninguém atendeu e liguei de novo. Nada. O que vou fazer? Então aconteceu um milagre. O pai apareceu socando a porta da frente. Abri a porta sem dizer palavra. Ele entrou. Olhou em volta. Foi até a cadeira onde Flora estava. Pegou o pulso dela por alguns segundos e o colocou de volta na beirada da mesa. A mão dela escorregou e o braço caiu ao lado do corpo curvado. O pai levantou a cabeça da Flora que estava mergulhada no prato de macarrão. Abraçou a cabeça dela contra seu estômago e começou a limpar o sangue misturado com molho de tomate que escorria para sua camisa. Pegou a Flora no colo e a deitou no tapete. Começou a soluçar alto e devagar foi se acalmando. Eu continuava de pé no mesmo lugar em que parei quando ele entrou na sala de jantar, imóvel, os olhos grudados na TV que continuava ligada. O pai caminhou até a televisão que ficava em cima do buffet. Desligou a televisão, sentou-se à mesa e disse que eu me sentasse. "Você precisa me contar o que aconteceu." Eu disse que a gente tinha discutido, que o Lupércio tinha aparecido durante o jantar. Antes que eu pudesse continuar e falar do tiro, ele começou a chorar outra vez e disse "chega" e eu disse "foi um acidente". Ele se levantou e disse "não", não queria ouvir. "Fique quieta aí." Telefonou para vô Miguel, que chegou apressado. Os dois ficaram conversando no hall de entrada. Vô Miguel entrou, foi até a cozinha e voltou com um copo na mão, me disse para engolir duas pílulas e que eu ia com ele para a fazenda e o pai cuidaria da Flora. "Preciso contar o que aconteceu." "Não precisa", o vô disse. "Já sabemos." *Vi que o pai pegou o revólver no chão, limpou o revólver com um guardanapo e colocou o guardanapo na mesa. Manuseou o revólver com as duas mãos e o deixou no chão ao lado do corpo de Flora. Tornou a ligar a televisão. O som alto voltou a encher a sala até que vô Miguel bateu a porta da rua atrás de si. Eu disse que precisava contar o que tinha acontecido, mas ele insistiu que não era preciso, já tinha entendido tudo.*

Passei dias meio esquecida. Queria falar com o pai. Mas ele não me ouvia. E eu fiquei cada vez mais convencida de que a culpa era toda minha.

Flora tinha razão. Nem Lupércio nem o pai eram homens de verdade. Ainda em Roma, perto da volta para casa, vó Damiana me contou como o pai se entregou à polícia, foi julgado e absolvido. Absolvido do crime que não cometeu. Entendi que ele queria evitar que eu fosse acusada. De um crime que eu também não cometi. Fico me perguntando se ele estava mesmo me protegendo. Se também tinha coisas para esconder. Agora é tarde demais para explicar a ele como a mãe se matou. Ninguém vai acreditar. Dirão que inventei o suicídio de Flora para me desculpar do crime. E quem iria acreditar na história do Lupércio com a mãe? Ou no que ela me disse sobre o pai? Até o Dr. João andou falando em alucinações. De como a mente é poderosa e inventa histórias terríveis para esconder o que não queremos encarar. Falar não resolve. Cada um já tem a sua história pronta. Dr. João parece acreditar que eu devia ser grata ao pai. Não sou. Por que ele sumiu durante todo o tempo em que fiquei internada? Flora me avisou e eu não acreditei nela. O avô sempre achou que tinha todas as respostas e podia decidir o meu destino como decidiu o de Flora. Quando ele morreu, não chorei. Bem que eu queria saber onde anda o Lupércio.

Jurema costumava me perguntar se eu acreditava em Deus. Porque ela não acreditava, me dizia. "Ele castiga os inocentes e absolve os culpados", *e me contava de novo como escapara da polícia. Eu também escapei. Jurema sabia que não adianta rezar, porque Deus nunca responde. Não sou como Deus. Ele não fala, porque não existe, e eu não falo, porque não quero que os sapos saiam pela minha boca. O esforço de me explicar se tornou com os anos cada vez mais aterrador. As palavras são inúteis. Me apaixonei pelo silêncio, mesmo sabendo que é um erro acreditar que existe paz por trás dele. Só sei que ele é melhor do que a ansiedade de tentar me explicar, não ser compreendida, ser acusada de mentirosa. Escolhi o silêncio e ele se tornou o hábito de quem aprendeu a se esconder num lugar escuro.*

Fiquei deitada durante a semana que passou. Não desci nem mesmo para ajudar o Valdomiro no jardim. A moleza agora passou e as ideias invadiram minha cabeça numa disparada louca. Penso no Dr. João o dia inteiro, antes de dormir e quando acordo. O cheiro dele me traz Lupércio de volta. Passo na frente da sala onde ele fica, abro a porta e mesmo assim ele não me deixa entrar. Vou cuidar do jardim pensando nele. Já vi o Valdomiro conversando com as plantas e quando eu disse que elas não falam, ele respondeu que só tenho de esperar mais quarenta anos para ter a prática que ele tem e então entender o que elas dizem. Achei que ele estava rindo de mim. Ele sabe que o Dr. João não quer me ver.

Se eu pudesse, meu gaviãozinho, caía de joelhos e lhe pedia desculpas. Como pude deixar você sozinha com um jardineiro e um médico que fechou a porta para você? Traí a confiança que você tinha em mim, meu sabiá, como no passado já tinha traído a confiança de Flora. Você sozinha, minha Marcelina, e eu ocupada em denunciar as maldades do Miguel, voltada para dentro de mim mesma. Por que o Dr. João não me deixou trazer você para casa? Por que ele não viu que eu podia ajudar você? Ao contrário do que Dr. João apregoava, escrever para si mesma não resolvia seu sofrimento, sua angústia, seu calvário. Então o Dr. João não sabia que só as palavras compartilhadas curam?

AS CARTAS NA MESA

O ruído que vinha da sala se desfez e a casa parece em completo silêncio. Tainá bate na porta entreaberta do meu quarto, entra e me diz que as amigas se foram sem se despedir para não me incomodar e que Lucas está no hall de entrada e quer falar comigo. Peço a ela que o leve ao escritório no fundo da sala. Procuro controlar minha agitação. Deixo passar alguns minutos, até sentir que piso no chão com firmeza, desço a escada e entro no escritório, onde Lucas me espera de pé.

— Boa noite, Dona Damiana.
— Boa noite, Lucas. Você quer se sentar?
— Queria conversar com a senhora. Só com a senhora. Sem que ninguém ouvisse.
— Posso fechar a porta.

O escritório está em perfeita ordem desde a morte de Miguel no ano passado. Fecho a porta e nos sentamos em duas cadeiras, face a face. Lucas tem os olhos vermelhos e inchados.

— E então?
— Encontrei um comprador para o Remanso.
— E quem é?
— Otacílio de Meneses, testa de ferro de um grupo americano. Tem o dinheiro e quer fechar o negócio com rapidez. Virá na próxima semana acertar os detalhes com a senhora.
— Está bem.
— Tem um outro assunto.
— O que é?
— É pessoal.

— Sim?
— É difícil.
Fico gelada. Não acredito que a morte de Marcelina o deixou tão abalado que ele vá me fazer confidências.
— Não precisa me contar o que acha difícil de dizer.
— Preciso desabafar.
Continuo em silêncio. Comigo? Ele quer desabafar comigo? O amigo dele era o Miguel, e eu nunca quis o casamento dele com Flora. Antes eu achava que ele era um frouxo, depois um assassino, e depois ainda, quando voltou de Portugal, me pareceu transformado numa estátua de pedra. O que será que ainda resta para ser dito? O que seria pior? Deixá-lo na ignorância dos segredos de Marcelina? Ou fazê-lo saber que ele na sua incapacidade de escutar a filha é o responsável pelo suicídio dela?
— Dona Damiana.
Continuo em silêncio.
— Não queria que a senhora pensasse mal de Flora.
— De Flora? E por quê?
— Flora sofreu muito antes de se entregar a orgias.
— Orgias? Você quer dizer um amante.
— Uns e outros. Ela frequentava o Motel Cor-de-Rosa.
— Não quero saber.
— A culpa da infelicidade de Flora era minha.
— E da morte dela, também.
— Não. Esta é uma história mais comprida e mais complicada.
Fico calada. Não parece que serei capaz de fazer com que ele pare as histórias que não quero ouvir.
— Não sei onde começar.
— Não comece.
— Acho que devia começar muitos anos atrás quando Flora e Guy se tornaram amantes. Eu sabia de tudo e aceitava. Aprovava até. Disse a Flora que podia entender e eu não seria o primeiro marido a aceitar a infidelidade da mulher. Aí Miguel descobriu e achou aquilo uma afronta. Disse que era inadmissível, que os

dois planejavam fugir e o escândalo faria a desgraça da família inteira.

— Mas você achava normal que sua mulher tivesse um amante.

— Posso explicar. A senhora se lembra do tempo em que eu ia a Belo Horizonte toda semana?

— Vagamente.

— Estava consultando um psicanalista.

— E daí?

— Eu nasci com um defeito, Dona Damiana. Antes de casar com Flora achei que estava curado.

— Um defeito?

— Um defeito cuja cura descobri muito tarde, aos 16 anos, quando já tinha aprendido a fingir que era normal. Eu parecia um garoto normal, lutava judô, era o primeiro da classe em matemática. Foi então que apareceu na escola uma psicóloga vinda de Belo Horizonte para fazer orientação profissional. Íris era o nome dela. Ela era diferente das pessoas de Pedra Bonita, fazia muitas perguntas. Confiei nela. Contei meu sofrimento para ela. Nunca tinha falado com ninguém sobre aquilo. Nem com minha mãe. Íris chorou: ela ficou com pena do meu tormento.

Lucas se cala por um momento. Não acredito que veio aqui me falar de sua infância. Por que não vai logo embora? Decido acabar logo com aquilo.

— E qual era esse tormento?

— Descobri no jardim de infância que eu era diferente dos outros meninos. Eles urinavam de pé e eu precisava me sentar para não molhar a roupa. Eles riam de mim. Aprendi a fechar a porta quando ia ao banheiro. Aprendi a nunca tirar a roupa em frente a outra pessoa. Contei tudo isso para a Íris. Contei também que quando tinha uma ereção, meu pênis virava para baixo como um anzol. Vi as lágrimas nos olhos da Íris. E ela me perguntou se eu sabia o que era hipospadia.

— Hipo o quê?

— Hipospadia. Nunca ouviu falar?

— Não, nunca.

— Pois é comum. Um em cada 300 meninos nascidos vivos tem essa deformidade.

— Que deformidade?

— Uma uretra incompleta. A uretra não chega até a cabeça do pênis, ela se abre na parte de baixo. Existe uma cirurgia para corrigir o defeito.

— E sua mãe não notou quando você era bebê?

— Notou, mas achou que aquilo era assunto de homem.

— E seu pai?

— Nunca me disse nada. Acho que eles pensaram que a cirurgia tinha risco. Que podiam deixar a solução para quando eu fosse adulto.

— Mas existia uma cirurgia.

— Sim, existia. Era melhor que ela tivesse sido feita quando eu ainda era bebê ou bem pequeno. Mas o pai não disse nada, nem a mãe. Não era fácil falar com eles do meu desamparo e o desamparo se transformou em ódio. Eu sabia que era uma perversidade odiar os pais. Assim me ensinaram no catecismo e eu acreditei.

— E daí?

— Daí veio a culpa. Quando me prepararam para a primeira comunhão, eu me convenci de que era culpado, mesmo sem saber o que tinha feito de errado.

— E ninguém ajudou?

— Fiquei amigo de outro menino, o Pedro, que não se importava com meu defeito. Ele não era como os outros meninos. Ele me mostrou que para vencer na vida era preciso ser maior, mais forte, mais bonito, mais rico, e fazer sofrer para dominar os outros e esconder os sentimentos. Até que a Íris apareceu e me ajudou.

— Ajudou como?

— A Íris chamou meus pais. Não sei o que eles conversaram, mas me levaram a um cirurgião. Fui operado e o corpo ficou perfeito. Mas faltou o fogo.

— O fogo?

— A tesão. Não sei explicar. Me casei virgem ao contrário dos outros rapazes. Flora também era muito jovem e não tinha experiência. Durante o namoro ela tentava me beijar e eu evitava, dizia que alguém podia nos ver, e casado também continuei evitando a Flora. Não tinha desejo, mas aprendi um jeito. Acho que não preciso contar esse detalhe.

— Não precisa. Eu notei que Flora voltou triste da lua de mel. Mas isso não é assunto sobre o qual podemos falar.

— Não, não é. Consegui fazer o que se esperava de mim. Flora ficou grávida e achei que ela me deixaria em paz. Que nada. Ela continuava a sofrer com minha abstinência, se levantava de noite e ficava chorando na sala. O choro me fazia mal, mas eu fingia não ver. Ela me pediu para consultar um psicanalista e comecei a ir a Belo Horizonte uma vez por semana. Descobri que não gosto das mulheres. Isto é, não gosto de tocá-las.

— Você não gostava da Flora.

— Gostava muito dela, Dona Damiana. Só não queria ter sexo com ela.

— E por isso você a matou.

— Não, Dona Damiana. Não matei a Flora. E quando ela morreu, nós já estávamos separados.

— Se você não matou a Flora, quem a matou?

— Esse caso está encerrado, Dona Damiana. Já não tem importância.

Pergunto a mim mesma se algum dia ele considerou que Flora teria se suicidado. Parece que ele acredita que ela foi assassinada e isso ainda o faz sofrer. Que sofra. Não vou desmenti-lo. Não lhe devo nada.

— Você está insinuando que foi Marcelina quem matou a Flora.

— Dona Damiana, por favor, não estou insinuando nada.

— Você é responsável por duas mortes.

— Pensei que estava salvando a Marcelina. Não posso ser responsável pelo suicídio dela.

— Chega.

— Pensei que a senhora ia entender. Hoje em dia muita coisa mudou, mas ainda existem meninos e meninas que continuam a viver em meio a terrores e mal-entendidos. Uma menina que parece feliz pode estar sofrendo coisas que não pode revelar. Marcelina também viveu na dor. Não mostrar os sentimentos aos adultos é uma reação instintiva. Durante muito tempo ela confiou em mim. Eu lhe tinha muito carinho.

— Carinho? E foi por isso que nunca quis ouvir o que se passou na noite em que Flora se suicidou?

— Flora se suicidou? A senhora está confusa. Quem se suicidou foi Marcelina, antes de ontem.

— E nunca lhe ocorreu que deveria conversar com ela? Você não pegou em arma, mas é responsável pela morte da minha filha e da minha neta. Marcelina não matou Flora, apenas presenciou o suicídio da mãe.

— Como?

— Se você não matou a Flora, podia ao menos ter falado com Marcelina que viu a mãe se suicidando com um tiro na boca.

— Não. Isso não aconteceu.

— E por que você tem tanta certeza?

— Porque não foi isso que aconteceu.

— Como você sabe?

— Eu cheguei quando Flora tinha acabado de morrer. E durante meu processo na justiça, li a perícia médico-legal.

— Que dizia...

— Acho que a senhora não quer saber.

— Quero.

— Uma pessoa de pé deu o tiro na vítima sentada. A bala perfurou o crânio pouco acima dos olhos e se alojou na região inferior perto do pescoço. O projétil causou a lesão de penetração, atravessou o cérebro, carregou estilhaços de osso, e transmitiu uma onda de pressão através do tecido cerebral. Houve grande perda de sangue, porque a bala arrebentou vasos...

A voz de Lucas treme e ele não consegue completar a frase. Parece paralisado, mas logo vem a reação. Ele agarra a camisa com as duas mãos e a puxa para frente como se ela fosse uma grade a lhe comprimir o peito. Os botões da camisa se desprendem e voam pelo ar. Ele mostra no rosto a sua descrença e desaba num choro desafinado. Eu não senti pena dele, embrulhada na aversão física por aquele choro interminável. Pensava nos monstros que Marcelina tinha desenhado no seu testamento. Olhei para Lucas. Ele não me parecia um assassino, mas um menino de rosto vermelho. Detestei-o de uma forma tão profunda que não conseguia entender o que se passava com ele. Levantei, encontrei uma caixa de lenços numa gaveta da mesa e a entreguei a Lucas.

— Como tudo ficou pequeno — ele disse.

— O estrago está feito.

Ele limpou o rosto e se levantou.

— Dona Damiana, desculpe minha reação desesperada. Não queria falar dessa tragédia outra vez. Nem lembrar a análise legal e reviver meu sofrimento durante o processo e a internação de Marcelina.

— Você quer que eu acredite em você e ache que é um herói.

— Não quero nada. Só tinha vindo para lhe avisar da venda da fazenda. Estou de mudança para Belo Horizonte.

MEIA-NOITE

Na casa vazia e silenciosa, adivinho que mamãe e Tainá devem estar na cozinha. Não as vi quando acompanhei Lucas até a porta da rua. Volto para meu quarto e deixo passar o tempo até conseguir me acalmar. Tainá reaparece.

— Quem sabe você quer descer e tomar uma sopa?
— Não tenho fome.

Ela se vai. Um horror atrasado toma conta de mim com a ideia de que a vida podia ter sido diferente. Procuro entender o que Lucas me contou e minhas ilusões definham até se tornarem invisíveis. O que aconteceu de fato na noite trágica da morte de Flora? Acredito que Lucas não a matou e constato que, se a perícia estava certa, Flora também não se suicidou. Peritos costumam errar. E se eles acertaram? Isso quer dizer que foi Marcelina quem matou Flora? Não posso acreditar. Uma pessoa de pé ao lado da cadeira em que Flora estava sentada matou minha filha. Teria sido o Lupércio? Marcelina escreveu que Flora disse que Lupércio, além de outras coisas horríveis, era amante de Lucas. Nunca vi Flora contar uma mentira. Marcelina acreditou na mãe? Lucas me pareceu convencido de que foi Marcelina quem matou Flora e se entregou para defender a filha. Ou ele se entregou para defender outra pessoa? Neste caso teria assumido um risco excessivo, pois Marcelina haveria de revelar o verdadeiro assassino para defender o pai. Se ela não falou é porque se reconhecia culpada. Se tivesse sido Lupércio, que motivo ele teria? E se Lucas tivesse contratado Lupércio para dar cabo de Flora? Se não tinha coragem de fazê-lo, podia prometer ao amante que, uma vez consumado o ato, ele,

Lucas, assumiria a culpa, na certeza de que seria absolvido. Estou ficando louca imaginando uma coisa dessas. Quem está delirando agora sou eu. Mas uma coisa eu sei. Miguel só pode ter abraçado o Lucas depois de tudo o que aconteceu, porque acreditava que ele estava se colocando no lugar da filha para poupar Marcelina da cadeia e do escândalo. Por que os dois tinham tanta certeza de que foi Marcelina? Eles escutaram o que ela queria dizer naquela noite? Não a escutaram, ela escreveu. Marcelina mentiu? Quando eles disseram que já tinham entendido tudo, ela entendeu que eles sabiam que se tratava de um suicídio. Não explicou nada, porque só veio a saber do processo contra o pai quando ele já tinha sido absolvido. Lupércio assistiu à tragédia? O que exatamente Lupércio veio fazer naquela tarde aqui em casa antes do derrame de Miguel? Chantagem, com certeza. Mas o que ele sabia? Que Marcelina matou a mãe? Por que Marcelina haveria de mentir no seu testamento? Para proteger o namorado? Por que queria convencer alguém de sua inocência e assim castigar outra pessoa? Ou simplesmente pelo gosto de confundir? Marcelina sofria de alucinações e estaria delirando? Se eu acreditar em Lucas, estarei acreditando também que Marcelina foi capaz de inventar o suicídio da mãe. Ela iria inventar um suicídio? Ela enlouqueceu ao matar Flora e acreditou no próprio delírio? Se Jurema estivesse viva, ela me contaria o que de fato se passou e me contaria que não foi Marcelina quem matou Flora. Não sou capaz de aceitar tamanha maldade.

Já é quase meia-noite quando me chega o som da música vindo da sala.

"Quando vocêêê
Me ouvir cantar
Venha, não creia, eu não corro perigo"

O que é isso? Alguém ligou o rádio. Não tenho dúvida, alguém está ouvindo música em vez de pôr luto.

"Tudo em volta está deserto, tudo certo."

Chego até a porta do meu quarto. A música para e agora já é outra, uma música que vem tocando no rádio sem parar. Escuto a voz de mamãe acompanhando o cantor.

"Amanhã ou depois de amanhã
Resistindo na boca da noite um gosto de sol..."

A esta hora? Da escada vejo a sala quase escura, iluminada apenas pelo abajur da mesinha lateral. Desço e vou me aproximando devagar. Lá estão mamãe e Tainá, ambas já de camisola: mamãe, de pé no meio da sala, balança o corpo, e o olhar sossegado de Tainá acompanha as evoluções da avó ao som da música.
— O que vocês estão fazendo?
— Vovó está dançando.
— Como dançando?
— Dançando.
— Parem.

Acendo todas as luzes. As duas se entreolham e Tainá diz em voz baixa para mamãe:
— Parece que ela viu um fantasma.

Finjo que não ouvi ou que não me importei com o comentário sobre o meu semblante. As duas me causam imenso tédio e digo numa voz que treme um pouco:
— Lucas não matou Flora.
— Quem disse? O Lucas? Na visita de hoje?
— Não. Ele não disse nada.
— E como você sabe que não foi ele?
— Li no caderno da Marcelina que não foi ele.
— Eu já sabia — diz Tainá.
— Como sabia?
— Cervantes me contou.
— Miguel?

— Sim, o papai. Ele disse que Lucas se entregou para defender a Marcelina. Eles tinham certeza que Lucas seria absolvido no julgamento.

— E me esconderam tudo.

— Cervantes tinha medo da sua reação.

— Da minha reação?

— Ele se queixava de você. Dizia que você só se importava com a Marcelina, que não lhe fazia um carinho há muitos anos e não sabia nada sobre ele. Que estava ficando mal-humorada e difícil.

— A arrogância. Estava mesmo era cansada da truculência daquele homem.

Mamãe acorda do transe e fala comigo.

— Damiana, minha filha. Não fique assim. Tenta entender.

— Entender o quê? — pergunto.

— Entender o quê? — repete mamãe.

— Entender que Miguel queria proteger a Marcelina — diz Tainá.

— Qual Miguel? — pergunta mamãe.

— O seu genro, vó.

— Ah.

Ignoro os desvarios de mamãe e encaro Tainá.

— Queria proteger a Marcelina ou se proteger de mais um escândalo?

— Não seja tão dura. Você sabe que Marcelina andava fora de si.

— Que mais você sabe?

— Na semana que vocês foram para Roma, a Jurema apareceu por aqui. Veio ter notícias. Disse que se sentia culpada, que Marcelina tinha ficado muito agitada na véspera da morte de Flora, e que ela não devia ter saído de férias. Perguntou se eu acreditava que Lucas poderia ter matado Flora, um homem tão doce, sempre tão atencioso com os empregados. Tinha um outro moço que andava pela casa e lhe parecia a encarnação do satanás. Quem sabe não tinha sido ele? Jurema podia jurar que Lucas era inocente. Miguel apareceu e disse a ela que não se preocupasse, que estava tudo sob controle, que Lucas seria absolvido, que ela não andasse espalhando boatos e que voltasse para Curvelo. Acho que ele ameaçou a Jurema se ela voltasse a Pedra Bonita. Aí ela sumiu.

Faço cara de boba e pergunto pelo tal moço. Tainá diz que eu devia me lembrar do namorado de Marcelina que tinha sumido de Pedra Bonita. Faz uma pausa. Despois continua suas recordações.

— Depois que Jurema foi embora, o pai me repetiu que Lucas seria absolvido e que eu não pensasse no satanás inventado pela Jurema. Estavam os dois, o namoradinho e Jurema, ambos a caminho do inferno. E me pediu que não comentasse nada com você nem por telefone nem por carta. "Sua mãe está em Roma sozinha com Marcelina, pode perder a cabeça, pode não resistir ao golpe", ele disse. Ele também queria que Marcelina tivesse um futuro. Sabia do seu carinho pela Marcelina e não era tão desalmado quanto você pensa.

— Não era? Pois sim. Quem mandou matar o Lupércio e a Jurema?

— Não sei do que você está falando.

— Pois fique sabendo que não acredito que Marcelina matou Flora.

Tainá me encara com pena.

— Você está cansada, mamãe. Hoje foi um dia difícil. Não se atormente inventando histórias para desculpar a neta. Deixe que Marcelina descanse em paz.

E vira-se para Maia.

— Vó. A música acabou. Vamos para a cama.

— Vamos. Amanhã os pássaros voltarão cantando.

Elas sobem a escada e logo estarão dormindo. Espero até que os sons dos passos se desfaçam, apago as luzes e volto ao meu quarto tateando na escuridão.

À BEIRA-MAR

A vida andou. Mais de dez anos se passaram desde que Marcelina se suicidou e mamãe morreu da parada cardíaca que sofreu na madrugada em que a encontrei dançando, sem respeitar o luto pela bisneta. Pouco tempo depois daquele dia trágico, vendi o Remanso e o sobrado em Pedra Bonita e me mudei com Tainá para uma cidade praieira. Não para o Rio de Janeiro, como tinha planejado, mas para um vilarejo na costa do Paraná, onde continuo a sofrer com minhas dúvidas.

Dói dentro de mim o silêncio corrosivo dos segredos de Marcelina. Dói não ter sido capaz de ver naquela mudez o prenúncio da tragédia, a onda retrocedendo antes de se arrebentar num estrondo. Marcelina não escolheu o silêncio sóbrio da espera por um novo entendimento, o silêncio concentrado de quem acompanha a fala do outro, o silêncio do acordo entre duas pessoas. Ela escolheu a pior forma de silêncio: o silêncio do ressentimento, da culpa secreta e da recriminação. Nesse tipo de silêncio estúpido, mentiras se constroem com as palavras não ditas. Hoje busco consolo do silêncio na comunhão com o entardecer na praia vazia. Anoitece.

Tainá vai todos os dias ao centro da vila e compra os jornais. Neles, acompanhei o movimento pelas diretas já, a eleição indireta de Tancredo Neves e sua morte em 1985. Tainá tem mais esperança do que eu de que 1986 venha a ser melhor do que o ano passado. Eu também gostaria de acreditar que ainda vamos viver num país melhor.

Presto atenção aos rumores que vão chegando através das paredes e ainda recebo notícias da gente de Pedra Bonita. Vivi continua por lá, já se aposentou e abandonou as aulas de francês e as pequenas lutas de poder com o reitor. Parece que ele se divorciou e planeja se casar com uma estudante que tem idade para ser sua neta. Emília morreu sozinha no Ceará com um copo de uísque na mão. Lucas se mudou para Belo Horizonte, como tinha anunciado no nosso último encontro. Trabalha para uma grande empreiteira e ficou poderoso no inferno dos negócios, embora convencido de que segue o caminho da ressurreição e da justiça. Sobre Jurema, nunca fiquei sabendo o que de fato ocorreu. Mandei um detetive a Curvelo para investigar o tal acidente em que ela, supostamente, morreu. Depois de tantos anos seria impossível encontrar seu rastro.

Já devia ter desistido de entender a vida. Não posso me vingar de Miguel, que está debaixo da terra, nem de Lucas, que não merecia meu ódio naquela noite em que nos vimos pela última vez. Já me dei conta de que nem ele nem Miguel são responsáveis pelos meus sofrimentos. Já aceitei que o destino está fora do meu controle e quando o sentimento de onipotência se esvai, com ele desaparece o desejo de vingança, mesmo quando ainda sangra o tormento da própria omissão. Sou impotente para trazer Flora e Marcelina de volta e lavar a culpa dessa avó distraída, burra, egoísta, que não ouviu os gemidos da filha nem os da neta.

Faz tanto tempo que a tragédia aconteceu e eu ainda não pus uma pedra sobre o passado. Em vez disso, penso todos os dias em Flora e Marcelina. Sou assim. Quero ordenar os fatos para encontrar um sentido neles ou achar alguma verdade escondida. De menina, enfiava as coisas e as pessoas dentro de uma história com começo, meio e fim, e a história me tranquilizava, mesmo sabendo que as coisas que eu fabricava para ligar um fato a outro não podiam ser verdadeiras. Fiquei burra. Já não consigo inventar a história que poderia me trazer alívio e, ao mesmo tempo, não consigo aceitar que minha neta matou minha filha.

Aprendi que sabemos pouco sobre os outros: cada pessoa no seu mundinho impenetrável. Já tive a ilusão de que eu sabia quem era Miguel, que podia ler o que ia dentro da cabeça dele. Hoje sei que isso não passava de ilusão. O que nunca consegui fazer foi invadir a consciência de Marcelina. Talvez por isso neguei seu crime durante tanto tempo. Se eu a tivesse amado de verdade, talvez tivesse entendido seu crime mais cedo e tivesse sido capaz de ajudá-la.

O cansaço embota o meu cérebro. Durei. À luz de lampiões aprendi a ler e, sob luz elétrica, li Cyro dos Anjos. Na minha lua de mel, ouvi Bidu Sayão cantando em Nova York, no camarote ao lado daquele em que se sentava Porfírio Rubirosa. No sobrado de Pedra Bonita, recebi JK para um banquete e, anos depois, Jânio Quadros para um almoço. Contrariei Miguel uma única vez, quando fui ao Rio com Emília ver *Opinião* no teatro Arena. Tive um amor na maturidade. Já andei a cavalo, de carroça, automóvel e avião. Conheci trens de ferro e navios a vapor, mas tudo isso se acabou. As coisas aparecem, desaparecem, reaparecem mais uma vez.

Comi o pão que me deram e pelo qual não lutei, como não lutei para ter um papel no mundo, me contentando com a figura de grande dama de Pedra Bonita, mulher de Miguel Oquira. O ruim disso tudo é que ele obteve tudo de mim e deixei que ele, com sua bola de cristal feita de barro, inventasse o destino de minha filha e o de minha neta.

Na parede da sala na minha casa de praia tem uma reprodução da pintura de Pieter Bruegel que acredito se chamar *O cego guiando os cegos* e ilustra uma parábola no Evangelho segundo Mateus. Seis homens tropeçam e começam a cair em uma vala como dominós. Cada um deles mantém a cabeça altiva apesar do seu padecimento — leucoma da córnea, atrofia do globo ou outro defeito ocular cujo nome desconheço. A composição diagonal reforça o movimento de queda dos personagens, que marcham triunfantes para o desastre. Também fui cega e caminhei guiada por meu senhor. Eu devia ter gritado. Meu pão, que a tantos parecia doce, tinha veneno e, agora, minha história no papel se parece ao livro de um surdo-mudo que fala para si mesmo em silêncio.

Fico muitas horas na janela e, de manhã, vejo as ondas passando num turbilhão de espuma branca perto da areia, uma ave voando longe, o mar melancólico que se estende abaixo das nuvens cinza. A maré sobe, a cor fria do mar se intensifica e o mar me rodeia por completo. À noite, o som das ondas ecoa como um tambor abafado enquanto mergulho na escuridão. Continuo a me assustar com pesadelos em que mamãe e Marcelina, uma muito gorda, a outra muito magra, me aparecem vestidas como dançarinas de um cabaré barato.

Ontem sonhei que cheguei no céu e fui morar numa casa igual ao sobrado de Pedra Bonita e por isso achei que não tinha morrido. Os móveis eram os mesmos, a mesa de jantar, a toalha branca, a cama de casal, o abajur, a escrivaninha, a gaveta onde guardei o testamento de Marcelina. Os anjos notaram que falo pouco e me deram uma resma de papel para escrever minhas memórias. Tive medo que eles descobrissem que meu lugar não é no céu e me mandassem embora. Aos poucos as paredes brancas do sobrado foram se cobrindo de mofo, o teto desabou e escorreguei por um buraco negro abraçada com Tainá. Caímos num tribunal repleto de pessoas sem rosto que levantaram um espelho na minha direção e nele estava a cara do Miguel que abriu a boca e me engoliu. De manhã levantei decidida a encontrar o caminho para o coração de Tainá. Ela é tudo que me resta e, no entanto, nunca deixei que ela se aproximasse de mim. Eu e ela nos tratamos com muita cerimônia e pouco afeto. Tudo em volta está deserto, tudo certo...

Tainá entra pela porta dos fundos e acende a luz.

— O que você está fazendo no escuro?

— Olhando o mar.

— Comprei um baralho.

— Outro?

— Este é de plástico. Quer jogar?

— Vamos lá.
— Dê as cartas.
— Dois mortos?
— Claro. No buraco com duas pessoas, dois mortos.

Direção editorial
Daniele Cajueiro

Editora responsável
Janaína Senna

Produção editorial
Adriana Torres
Luisa Suassuna

Revisão
Luíza Côrtes

Diagramação
Filigrana

Este livro foi impresso em 2019
para a Nova Fronteira.